DIE WAHL DES ALPHA

DIE TIMBERWOLF-LODGE
BUCH 1

VIVIAN AREND

Die Wahl des Alpha
Copyright © 2024 Arend Publishing Inc.
ISBN DIGITALES BUCH: 978-1-998508-13-6
ISBN TASCHENBUCH: 978-1-998508-14-3
Herausgegeben von Angie Ramey
Cover-Design von Croco Designs
Übersetzung: Anna Drago

1

———

Jace Carter fuhr den Gipfel des Bergrückens hinauf und trat dann auf die Bremse. Das Tal erstreckte sich vor ihm, eine Mischung aus spätfrühlingshaftem Grün und schimmerndem Seeblau. Er wollte nur kurz anhalten, in Erinnerungen schwelgen und seinen Kopf freibekommen, bevor er sich der nächsten Sache zuwenden konnte.

Der Motor seines geliehenen Lastwagens, der die Sentimentalität des Augenblicks ignorierte, rumpelte ungleichmäßig, hustete zweimal und ging aus.

Er fluchte leise und stieg aus, um besser sehen zu können, warum er außerhalb von Jasper, Alberta, war.

Timberwolf Lodge. Erinnerungen strömten auf ihn ein —

Sommerferien mit seiner Großfamilie. Entspannte Tage, an denen er sich mit seinen Cousins auf dem See hatte treiben lassen, seine kinderlose Tante Rachel und sein Onkel Jim, die als Rudeleltern für alle fungierten, die in diesem Jahr gekommen waren.

Jace' letzter Sommer dort war nach dem College

gewesen. Die sechs Jahre, die seitdem vergangen waren, hätten sechzig sein können, der offensichtlichen Vernachlässigung nach zu urteilen, die ihm ins Auge stach.

Einen Kilometer weiter unten, am Fuße des Hügels, lagen das Haus und die Hütten auf der Wiese zwischen dem Seeufer und der Baumgrenze, der Wildnis. Der Eingang des Hauptgebäudes strahlte noch immer Erhabenheit aus. Enorme Holzbalken ragten über der riesigen Eingangstür himmelwärts und bildeten einen Empfang, der es in Sachen imposanter erster Eindruck mit einem Schloss hätte aufnehmen können. Die drei Flügel des Hauses strahlten wie Speichen aus, mit zum See hin ausgerichteten Gästezimmern und Wohnzimmer- und Küchenfenstern.

Aber die Holzverkleidung war ausgeblichen, das Dach hatte schon bessere Tage gesehen, und Unkraut hatte die Außenbereiche überwuchert.

Und Jace war geradezu hierher beordert worden.

„Was hast du vor, Tante Rachel?" Er atmete langsam ein und ließ die Aromen der Gegend seine Sinne erfüllen.

Hm. Jemand war im Wald zu seiner Rechten. Eine Sekunde später brach ein Ast, und Jace widerstand dem Drang, die Augen zu verdrehen.

Ein hörbares Seufzen hing einen Moment lang in der Luft, bevor seine Cousine verlegen aus dem Schatten trat.

„Hey, Blue. Gestern Abend einen über den Durst getrunken?", fragte Jace. Denn das sollte der einzige gute oder nicht-so-gute Grund dafür sein, wie auffällig er sich bewegte.

„Ich wollte dich nicht überraschen." Irgendwie verkniff sich Blue das Lächeln. „Nicht jeder kann damit umgehen, plötzlich mit dem Wunder konfrontiert zu werden, das ich bin." Er ließ eine Hand über seine Brust gleiten wie ein

Gameshow-Moderator, der unbezahlbare Juwelen präsentierte.

Der dramatische Effekt stellte sein abgetragenes Hawaiihemd und seine Boardshorts zur Schau. Das Hemd war limettengrün. Die Shorts waren rosa-rot kariert.

Jace schauderte. „*Schock* wäre ein besseres Wort. Dich anzustarren ist wie in die Sonne zu schauen. Ich werde blind, Cousin."

„Ich habe ein Outfit für dich, das zu diesem passt, falls du es dir ausleihen willst."

Jace tat so, als würde er das Angebot ernsthaft in Erwägung ziehen. „Großzügig, aber lass uns die Einheimischen nicht noch mehr traumatisieren, als du es ohnehin schon machst."

Er streckte seine Hand aus, ergriff Blue fest und zog den anderen Mann in eine herzliche Umarmung.

Blue seufzte zufrieden, während er Jace auf den Rücken klopfte. „Du warst lange weg, Mann. Zu lange." Er trat zurück und sah ihn fast wütend an. „Ich muss sagen, dass es mich anstinkt, dass es eine Schenkung braucht, damit du nach Hause kommst."

Jace schüttelte den Kopf. „Das Verrückteste überhaupt. Wie ging es Tante Rachel, als du sie das letzte Mal gesehen hast? Soweit ich weiß, hat sie nur erwähnt, dass sie reisen will."

Blue zuckte mit den Schultern. „Sie hat das Interesse an der Lodge verloren, als Onkel Jim gestorben ist."

Vor vier Jahren also. Wie konnte alles so schnell den Bach runtergehen? Jace' Blick fiel auf das vernachlässigte Gebäude.

Sein Cousin hob protestierend die Hände. „Hey, ich habe es versucht. Ich habe die Instandhaltungsarbeiten erledigt, die sie mir erlaubt hat, aber ich konnte sie nicht dazu überreden, mir die Verwaltung zu überlassen. Wenn sie Nein sagt, meint sie es so."

Es stimmt, es war nicht möglich, einen Wolf zu überzeugen, der seine Meinung nicht ändern wollte. Nicht, solange er oder in diesem Fall sie auf ihrem eigenen Territorium war.

Blue fuhr fort: „Als sie angefangen hat, sich für die Idee des Reisens zu begeistern, habe ich mich gefreut. Sie ist vor knapp zwei Monaten fast vibrierend in meine Werkstatt gekommen. ,So viele Pläne. Es fügt sich alles', hat sie gesagt."

Jace fuhr sich mit der Hand durchs Haar. Er hatte erst vor vier Wochen einen Anruf von den Anwälten bekommen. „Vor zwei Monaten?"

Blue überlegte. „Ziemlich sicher. Oh, warte." Sein Cousin griff in seine Tasche und zog einen Umschlag heraus. „Ja, siehst du? Sie hat ihn datiert und mir gesagt, ich soll ihn dir geben, wenn du ankommst. Gleich, wenn ich dich sehe."

Jace erkannte Tante Rachels sorgfältige Handschrift. Der Umschlag war auf den 1. April datiert und trug seinen Namen und ihre Unterschrift.

Jace öffnete ihn schnell und zog die Seite heraus, damit Blue sie mit ihm lesen konnte.

Jace,

nachdem Jim gestorben war, wusste ich nicht, was ich tun sollte. Jetzt hat mich die Inspiration gepackt, und ich weiß genau, was nötig ist. Für mich, für dich und deine Generation und mehr. Jim wollte mit Timberwolf Lodge immer etwas in unserer Gemeinde bewirken. Und jetzt wird er es tun.

Ich bin zwar nicht tot, aber ich rechne nicht damit, zurückzukommen. Die Timberwolf muss weitergehen, und da ich keine eigenen Kinder habe, bist du der Glückliche.

Herzlichen Glückwunsch! Du wirst mir eines Tages danken.

Es gibt noch ein oder zwei kleine Details, die ich hinzufügen muss: Das Anwesen gehört dir. Du bist sozusagen der Verwalter/Hausmeister. Aber das Haus selbst braucht die Hand einer Frau.

Also habe ich eine Online-Verlosung veranstaltet und es verschenkt.

Jace zog den Brief etwas näher heran und las die letzte Zeile nochmal. Was?

Sie hat *was* verschenkt?

„Sie –" War er verwirrt und hatte das missverstanden? „Habe ich das richtig gelesen?" Er zeigte mit dem Finger auf die Zeile, an der er aufgehört hatte zu lesen, denn das konnte unmöglich sein.

„Wenn du gelesen hast, dass sie dir das Grundstück übertragen hat, das Haus aber irgendeiner beliebigen Frau geschenkt hat, die sie im Internet gefunden hat?" Blue schnaubte. „Dann hast du richtig gelesen."

Es verstieß wahrscheinlich gegen ein Dutzend Gesetze, aber es war auch die Art von Verhalten, bei dem Familie Familie verarschte und herumschubste, das in den meisten Wolfsrudeln toleriert wurde.

Sie beugten sich wieder darüber, um den Brief zu Ende zu lesen.

In diesem Moment hörten sie die Schreie. Zuerst eine

Frau, gefolgt von einem tiefen, fast knurrenden Schrei, der von den nahen Bergen widerhallte.

Jace rannte los, dicht gefolgt von Blue. Den Pfad hinunter zur verwitterten Timberwolf Lodge.

Cassidy Rundle hielt einen langen Besen in der Hand und schwenkte ihn so bedrohlich wie möglich in Richtung der Sasquatch-ähnlichen Gestalt, die nicht mehr als einen Meter entfernt stand. Der Mann ragte über ihr auf, splitterfasernackt, mitten in ihrer neuen Küche. Er war extrem behaart, hatte aber sonst nichts an.

Sie stieß den Besen nach vorn, als wollte sie ihn aus der Küchentür scheuchen. „Raus hier!"

Er verschränkte die Arme vor der Brust und zog eine Augenbraue hoch. Die Art, wie er sie herablassend ansah, verriet ziemlich eindeutig, dass er sie nicht als Bedrohung betrachtete. „Nein."

Verdammt. Manchmal wünschte sie sich, sie wäre größer oder zumindest besser bewaffnet. Was sollte sie mit einem Eindringling anfangen, wenn sie nur einen Besen hatte? Es mit ihm ausdiskutieren?

„Ich habe die Polizei gerufen." Die Warnung kam von irgendwo hinter Cassidy. „Sie sollten verschwinden, bevor sie kommen."

Nachdem sie die Lodge betreten und den Eindringling entdeckt hatten, war Stephanie Nix – Cassidys beste Freundin – aus der Küche ins Wohnzimmer geflüchtet und stand nun in der riesigen Eingangshalle. Stephanie hatte die Eingangstür weit aufgerissen, was in vielerlei Hinsicht gut war, entschied Cassidy. Es bedeutete, dass es einen Fluchtweg nach draußen gab, falls sie rennen mussten, um sich in Sicherheit zu bringen.

Der haarige Typ schnaubte. Ein lautes und extrem belustigtes Geräusch. „Bullshit. Hier gibt es keinen Empfang."

Mist. Aus den leisen Flüchen, die Stephanie hinter ihr murmelte, schloss Cassidy, dass er recht hatte.

Cassidy versuchte es noch einmal. „Sie haben hier nichts zu suchen. Und Sie sollten sich wahrscheinlich auch was anziehen. Das ist unser Haus, aber wenn Sie Hilfe dabei brauchen, eine neue Unterkunft zu finden, helfen wir gern dabei."

„Aber erst, wenn Sie sich was angezogen haben", fügte Stephanie hinzu.

Der Mann gähnte und streckte sich. Cassidy blickt absichtlich nicht auf das, was unterhalb seines Halses lag, doch das war nicht leicht. Er war ein ... *großer Mann* ... sozusagen.

Er öffnete den Mund, aber was auch immer er sagen wollte, wurde zu einem schmerzerfüllten Grunzen, als etwas Blaues an Cassidy vorbeizischte und den Eindringling umriss.

Im nächsten Moment mischte sich eine Unschärfe fluoreszierender Farben in den Haufen, dann lagen drei muskulöse Männer in ihrer Küche am Boden. Der Nackte fluchte kreativ, seine Stimme ein tiefes Grollen.

Stephanie packte Cassidy am Arm und zog sie zurück. „Vielleicht sollten wir rausgehen und die Unterlagen noch einmal durchgehen. Denn ich kann mich nicht erinnern, dass das Teil des Deals war. Der nackte Mann und das Wrestlingmatch in der Küche."

Cassidy blieb stehen, den Besen noch immer in Richtung des sich jetzt nicht mehr windenden Haufens gerichtet. Ihr nackter Eindringling lag am Boden – Gott sei Dank mit dem Gesicht nach unten. Ein Arm wurde von einem dunkelhaarigen Mann in Jeans auf seinem Rücken festgehalten. Die Beine von Mr. Nudie wurden von einem Blonden mit Surferwellen in knallbuntem Strandoutfit festgehalten.

Der dunkelhaarige Mann drehte seinen Kopf in ihre Richtung. „Sind Sie okay?"

Der Trottel auf dem Boden antwortete, bevor Cassidy es konnte. „Ihr geht's gut. Und die andere hat eine Lunge wie ein Tuba-Spieler."

„Sie war nicht die Einzige, die wir schreien gehört haben", schnaubte der Surfertyp, bevor er seinem Freund in Bluejeans auf die Schulter klopfte. „Ich kenne Marvin. Soll ich mich um ihn kümmern, während du mit den Ladys sprichst?"

„Gute Idee", sagte der Mann in Blau.

Cassidy war anderer Meinung. „Obwohl ich sehr froh bin, dass scheinbar keine Gefahr besteht, ganz zu schweigen davon, wie unhygienisch es ist, einen nackten Mann in meiner Küche zu haben, macht hier niemand irgendwas, ohne dass ich alle Einzelheiten kenne. Das ist mein Haus –"

„– und meins", warf Stephanie ein und versuchte, das Zittern in ihrer Stimme zu unterdrücken. „Und ich mag auch keine nackten oder unhygienischen Menschen in meiner Küche."

„Danke, Stephanie. Du hast vollkommen recht. Es ist auch dein Haus." Cassidy wandte sich wieder den drei Männern zu, die reglos geblieben waren wie ein seltsames griechisches Wandgemälde. „Wenn Sie bitte alle durch die Küchentür nach draußen gehen würden? Wer nackt ist und an der Unterhaltung teilnehmen möchte, kann sich was anziehen. Wir setzen das Gespräch in fünf Minuten an der Feuerstelle fort."

Sie packte Stephanie am Arm, und die beiden zogen sich in die Sicherheit ihres Autos zurück.

Erst nachdem die Türen verriegelt waren, erlaubte sich Cassidy, ihre Stirn auf das Lenkrad zu senken und tief durchzuatmen.

Stephanie entschied sich für die andere Richtung und lehnte den Sitz so weit wie möglich zurück, was nicht weit war, wenn man die Menge an Gepäck bedachte, die auf dem Rücksitz verstaut war. Sie ließ ihren Kopf gegen die Kopfstütze sinken und seufzte tief. „Okay. Das war unerwartet."

Stille breitete sich aus. Cassidy warf Steph einen Blick zu und bemerkte, dass ihre Freundin sich genau in diesem Moment zu ihr umgedreht hatte. Ihre Lippen zuckten, dann prusteten beide vor Lachen.

Die Belustigung verflog jedoch schnell. Alles an dieser Situation war unerwartet. „Ich schätze, wenn man ein Öko-Lodge im Internet gewinnt, sollte man nicht erwarten, dass alles reibungslos läuft."

Stephanie musterte Cassidy, ihre strahlend blauen Augen wurden dunkel vor Sorge. „Wird das funktionieren? Denn das muss irgendwie funktionieren."

„Das wird es schon", versicherte Cassidy ihr.

„Stacy braucht ein Zuhause für die Kinder, und ich habe schon mein ganzes Geld in die Einrichtung des neuen Spas hier gesteckt."

Cassidy legte ihrer Freundin eine Hand auf den Arm. „Es wird funktionieren. Das verspreche ich."

Selbst wenn Cassidy ihre Seele verkaufen müsste, um das zu erreichen.

Alle drei brauchten etwas Neues und Positives in ihrem

Leben. Während die Tatsache, dass sie die Lodge in dieser Verlosung gewonnen hatte, zu schön schien, um wahr zu sein, war der tatsächliche Gewinn noch seltsamer. Ob gut oder schlecht, sie hatten die viertägige Fahrt hinter sich gebracht und waren jetzt in Jasper, und hier würden sie bleiben.

Cassidy spannte sich an und hob ihr Kinn. „Willst du mitkommen und mit ihnen reden, oder soll ich das allein machen?"

Steph schüttelte den Kopf. „Ich komme mit. Ich vertrete nicht nur mich selbst, sondern auch Stacy, also muss ich mich zusammenreißen und es durchziehen." Sie hielt inne, öffnete das Handschuhfach und holte eine Spraydose heraus, die sie in ihre Tasche steckte. „Jetzt bin ich bereit."

Cassidy grinste. „Bitte benutz' das Bärenspray gegen niemanden, es sei denn, es ist unbedingt nötig."

„Dann sollten sie sich besser nicht mit uns anlegen. Denn ich bin bewaffnet und habe keine Angst, das Spray zu benutzen." Das böse Glitzern in den Augen ihrer Freundin sagte, dass sie es ernst meinte.

Und um ehrlich zu sein, ging es Cassidy genauso.

2

———

Die Frauen waren verschwunden, bevor Jace noch ein Wort sagen konnte. Was in gewisser Weise gut war, denn alles in ihm war in höchster Alarmbereitschaft, und nicht nur, weil irgendwelche Leute im Haus seiner Tante waren.

Ihr Geruch blieb – die zierliche Brünette mit der selbstbewussten Ausstrahlung und den Killerbeinen –, und sein Wolf hatte sie bemerkt.

Nicht jetzt, warnte Jace sich. *Lass dich nicht ablenken, wenn es noch eine potenziell gefährliche Situation zu bewältigen gibt.*

Glücklicherweise hatte der Riese von einem Mann, den er und Blue zu Boden gerungen hatten, kein Aufhebens gemacht. „Wollt ihr irgendwann von mir runter, oder sind wir jetzt ein flotter Dreier?", brummte er.

Blue versetzte dem Mann einen Klaps auf den Kopf, als sie sich aufrichteten. „Was zum Teufel soll der Scheiß, Marvin?"

Meine Güte, der Typ war wirklich ein Riese. Definitiv ein Wandler, auch wenn Jace einen Moment brauchte, um herauszufinden, was er war. „Warum ist ein Elchwandler in Tante Rachels Lodge?", fragte er Blue.

„Den Ladys nach ist es ihre Lodge, und er ist ein Hausbesetzer." Blue deutete mit dem Daumen auf Marvin.

„Bin ich nicht." Marvins Empörung war aufrichtig. „Rachel hat mir einen Gefallen geschuldet. Sie hat gesagt, ich kann hier leben, so lange ich will, und das will ich immer noch. Es spielt keine Rolle, dass sie nicht mehr da ist. Sie hat es mir versprochen."

Jace deutete auf die Küchentür und hielt dann inne. „Hast du Klamotten irgendwo in der Nähe oder lebst du neuerdings die ganze Zeit au naturel?"

Marvin nickte in Richtung der Tür auf dem Flur. „Wenn du es unbedingt wissen musst, ich habe Wäsche gewaschen. Es ist leichter, alles auf einmal zu waschen. Außerdem ist es nicht so, als ob jemand da gewesen wäre, der sich darüber beschwert hätte, dass ich mich auslüfte."

Blue unterdrückte ein Lachen. „Jace. Du massierst dir schon die Nasenwurzel. Offensichtlich ist alles eitel Sonnenschein für dich, die ganze Verwaltersache."

Verdammt. Blue hatte recht. Es war eine schlechte Angewohnheit und ein verräterisches Zeichen.

Jace bewegte seine Finger höher und rieb sich die Stirn, bevor er tief Luft holte und Marvin in die Augen sah. „Zieh dich an und schwing deinen Arsch dann nach draußen. Die Ladys sind Menschen, also müssen wir eine Lösung finden, die für alle funktioniert, verstanden?"

Marvin seufzte, als wäre er extrem genervt. „Ich bin kein Kind."

„Das sieht man an den Haaren. Verdammt, Mann, ich habe einen Ersatzrasierer, den ich dir leihen kann", schnaubte Blue, bevor er aus der Reichweite von Marvins riesiger Faust tanzte.

Vor der Küchentür sah sich Jace einer bunten Mischung aus guten Erinnerungen und Melancholie ausgesetzt. Die riesige Feuerstelle, an der sie viele schöne Abende verbracht hatten, war immer noch da. Onkel Jim hatte genau da immer Gitarre gespielt. Freunde und Familie hatten entweder in Menschen- oder Wolfsgestalt mitgesungen.

Aber jetzt war nichts mehr von den kleinen Details übrig, die Tante Rachels Werk gewesen waren. Keine funkelnden Lichterketten, keine Citronella-Fackeln. Überall wucherte Unkraut, und neben der Feuerstelle waren unzählige Bierdosen in Form einer Burg gestapelt.

Blue blieb stehen und sah auf die recycelte Kunst hinunter. „Ich hatte keine Ahnung, dass Marvin noch hier war."

„Und es sieht so aus, als wollte er bleiben." Jace sah sich nochmal um. Das Haupthaus bot Platz für Gruppenessen und Unterhaltung und ein Dutzend Zimmer in zwei separaten Gästeflügeln. Aber es gab auch mehrere Hütten, die über das Grundstück verstreut waren.

Mögliche Lösungen begannen, sich in seinem Kopf zu regen.

Das Geräusch von Autotüren, die zufielen, brachte Jake zurück in den Moment.

„Kannst du hier einspringen?", fragte er seinen Cousin schnell. Blue war ein Omega-Wolf, was bedeutete, dass er in der Rudelhierarchie einen ganz eigenen Platz einnahm. Zeit mit Jace zu verbringen würde Blue nicht gefährden, aber es war Jace wichtig, dass sein Cousin die Entscheidung selbst traf und nicht dazu gedrängt wurde.

Blue nickte langsam. „Ich habe zwei oder drei kleine Projekte in der Werkstatt, aber wenn du willst, dass ich helfe, diesen Ort langfristig in Ordnung zu bringen, bin ich dein Mann."

„Willst du hier oder in der Stadt wohnen?"

Sein Cousin runzelte die Stirn. „Hin und her pendeln ist echt nervig. Und meine Zimmer über der Werkstatt sind nicht annähernd so schön wie die, die ich hier organisieren könnte. Solange die neuen Besitzer der Hütte einverstanden sind."

Was so ziemlich das war, was Jace vermutet hatte.

Die Frauen kamen um die Ecke des Hauses. Die Küchentür öffnete sich, und Marvin kam heraus, angezogen und mit einem Bündel Klamotten unter dem Arm.

Bevor die beiden Gruppen zu ihnen kamen, nickte Jace schnell und entschlossen. „Okay. Ich bin mir immer noch nicht sicher, was zum Teufel sich Tante Rachel dabei gedacht hat, aber wir werden es hinkriegen. Ich werde einen Weg finden, das geradezubiegen."

Blue legte eine Hand auf Jace' Schulter. „Das ist dein Job."

Ja, das war es. Gott steh ihm bei!

Jace hatte Jahre damit verbracht, seine eigene Firma aufzubauen. Carter Wells machte einen großen Unterschied in der Welt, indem sie abgelegenen Gemeinden preisgünstige Ausrüstung für die Erschließung von Frischwasser lieferte. Aber jetzt war er nicht mehr Vollzeit-CEO, mit allem, was diese Stellenbeschreibung mit sich brachte, sondern hier. Auf Wunsch seiner Tante musste er seine Arbeit mit der Position des Mediators und Verwalters/Hausmeisters unter einen Hut bringen.

Er hatte keine Zeit für diese Ablenkung. Es ergab keinen Sinn, alles stehen und liegen zu lassen und nach Jasper zurückzukehren. Und doch hatte er nie auch nur daran gedacht, ihre Bitte, er möge sich um ihr Anwesen kümmern, zu ignorieren.

Sei's drum, dachte er. Das gehörte dazu, wenn man ein Wolf war. Obwohl er das Jasper-Rudel viele Jahre nicht besucht hatte, sah es so aus, als würde er jetzt wieder am Rudelleben teilnehmen.

Er hoffte, sein Cousin Del würde sich deswegen nicht wie ein Arsch benehmen.

～

Es war beruhigend, Stephanie bewaffnet und gefährlich an ihrer Seite zu wissen. Cassidy erinnerte sich an die schnelle Recherche, die sie vor ihrem Aufbruch in den Westen zu diesem Abenteuer durchgeführt hatte, und positionierte sich windwärts der drei Männer, die neben der Feuerstelle standen.

Wenn jemand von Pfefferspray getroffen werden würde, dann nicht sie oder ihre beste Freundin.

Sie bemerkte dankbar, dass sich der gutaussehende Mann in Blau strategisch zwischen sie und den angezogenen, aber immer noch riesigen Eindringling stellte.

Jetzt, da sie sich von Angesicht zu Angesicht gegenüberstanden, nahm sie sich einen Moment Zeit, ihre Retter genau zu betrachten – obwohl sie und Steph allein gut zurechtgekommen waren, schönen Dank auch.

Der in Jeans gekleidete Mann hatte offensichtlich das Sagen. Mittellanges dunkelbraunes Haar. Mitternachtsblaue Augen, die sie direkt ansahen, während sie ihn weiter musterte. Sein kantiges Kinn stützte ein Gesicht mit vollen Lippen und der Andeutung einer Adlernase. Anders als sein Freund, der wohlwollend ausgedrückt im Hippie-Chic gekleidet war, trug dieser hier ein adrettes Flanellhemd zu einer brandneuen Levi's.

Als er seine Hand ausstreckte, nahm sie sie, und ein plötzlicher Ruck ging von seinen Fingern zu ihren über. Kein elektrischer Schlag, kein aufdringlich fester Druck, aber immerhin etwas. Charisma? Magnetismus?

Er hatte eine Ausstrahlung, als wäre in seinem muskulösen Körper unbegrenzte Kraft verborgen.

„Jace Carter." Er schüttelte ihr die Hand und stellte sich dann auch Stephanie vor. „Das ist mein Cousin, Blue."

„Cassidy Rundle. Nett, Sie kennenzulernen, schätze ich."

Blue lachte leise und überspielte es dann mit einem Husten, während er sich den Mund abwischte, um sein Lächeln zu verbergen. „Ja, wir verstehen das."

Der große Mann im Hintergrund machte sich nicht die Mühe, seine Hand anzubieten. Er hob das Kinn. „Ich bin Marvin. Ich wohne hier."

Marvin keuchte plötzlich, als Blue lässig den Ellbogen ausfuhr und ihn ihm in den Bauch rammte.

Stephanie holte tief Luft, trat einen halben Schritt zurück, und schob ihre Hand in ihre Tasche.

Cassidy legte ihrer Freundin beruhigend eine Hand auf den Arm, bevor sie eine Augenbraue in Richtung Blue hob. „Vielleicht können wir auf weitere körperliche Gewalt verzichten und verbal kommunizieren?"

„Sie hat recht. Blue, lass das. Marvin –" Jace hob eine Hand und zeigte auf den großen Mann, der gerade den Mund aufgemacht hatte. „Halt die Klappe. Wir werden uns was einfallen lassen, aber du bist ein großer Teil des aktuellen Problems."

„Das muss ein Missverständnis sein", sagte Stephanie. „Timberwolf Lodge gehört uns."

Jace machte eine kreisende Bewegung mit seiner Hand. „Lassen Sie uns darüber reden. Ich glaube Ihnen", beeilte er sich, sie zu beruhigen, bevor Cassidy protestieren konnte. „Aber ich denke, mir fehlen ein paar Details hier."

Okay. Das war machbar. Cassidy klopfte auf ihre Tasche, beruhigt, dass sie eine Kopie der Unterlagen mitgebracht hatte. „Vor ein paar Monaten habe ich in den Social Media ein Posting über eine Wildnislodge in der Gegend von Jasper gesehen, die verschenkt werden sollte. Eine ältere Frau hat von all den Dingen geschrieben, die sie und ihr Mann erreicht hatten, aber jetzt, wo er nicht mehr da war, konnte sie es nicht mehr allein bewältigen. Sie wollte das Anwesen nicht an einen großen Konzern verkaufen. Sie wollte, dass es an Leute geht, die es wirklich zu schätzen wissen."

Jace nickte ermutigend.

Cassidy zuckte mit den Schultern. „Es hat meine Aufmerksamkeit erregt. Ich hatte einen Job ohne Zukunft. Stephanie hat eine Veränderung gebraucht, und ihre Schwester musste ..." Sie warf Stephanie einen Blick zu. Dann wieder Jace. „Na ja, das ist egal. Aber wir dachten, es wäre eine tolle Idee. Wir haben schon früher Shows über solche Sachen auf Netflix gesehen, und sie waren seriös, also habe ich bei der Verlosung mitgemacht."

„Zwei Wochen später steht dieser Anwalt mit einem Haufen Papierkram vor unserer Tür", sagte Stephanie. Ihre Wangen waren wieder rot geworden, und sie sprach jetzt selbstbewusst. „Wir haben unsere Wohnung gekündigt, verkauft, was wir nicht mitnehmen wollten, und sind hergekommen, entschlossen, die Auflagen zu erfüllen."

Blue bewegte sich ein Stück näher an Stephanie heran, seine Haltung entspannte sich. „Ihr habt Auflagen? Und nur damit ihr es wisst, dieses Haus hat unserer Tante gehört, deshalb sind wir involviert."

Das war eine hilfreiche Information. „Gut. Das bedeutet, dass Sie wissen, wer der Hausmeister hier ist. Denn, ehrlich gesagt, dieses Haus ist in einem viel schlechteren Zustand, als wir erwartet haben." Sie versteifte sich und hob eine Hand. „Aber wie Stephanie gesagt hat, wir werden die Auflagen erfüllen. Laut den Unterlagen, die uns der Anwalt gegeben hat, haben wir ein Jahr Zeit, um die Lodge in Betrieb zu nehmen."

Jace sah sich um und schnitt eine Grimasse. „Gibt es ein finanzielles Ziel, das Sie erreichen müssen, um zu beweisen, dass Sie das geschafft haben?"

„Es gibt einen Ausschuss, der es bestätigen muss", meinte Stephanie. „Das *Wilson Pack*, was auch immer das sein soll. Ich glaube, es ist eine Umweltverträglichkeitsprüfungsgruppe."

Jace hob eine Hand an sein Gesicht, bevor er seine Finger in eine andere Richtung bewegte, um sie an seiner Nase und Stirn vorbeizustreichen und durch sein Haar zu ziehen. „Okay. Das erscheint sinnvoll."

„Das ist gut, aber Sie haben meine Frage immer noch nicht beantwortet", bemerkte Cassidy. „Hausmeister?"

Blues Grinsen breitete sich von einem Ohr zum anderen aus. Er streckte die Hand aus und klopfte Jace auf die Schulter. „Hier ist euer Mann."

Mist. Auf einer Ebene war diese Neuigkeit eine gute Sache. Jace war hübsch anzusehen, und Cassidy hätte nichts dagegen, ihn in ihrer Nähe zu haben. Aber nichts, was sie gesehen hatte, seit sie hierhergekommen war, hatte bei ihr einen positiven Eindruck von seiner Arbeitsmoral hinterlassen.

Sie sah ihm direkt in die Augen. „Sind Sie absichtlich scheiße in Ihrem Job?"

Seine Miene wurde gequält, während Blue und Marvin im Hintergrund schallend lachten.

Jace schüttelte den Kopf. „Ich würde gern sagen, dass es nicht meine Schuld ist, aber ich bin mir nicht sicher, ob Sie mir glauben würden. Lassen Sie uns darüber reden, wie wir nach vorn blicken und alles zum Laufen bringen."

„Und ich lebe immer noch hier", mischte Marvin sich wieder ein. „Kommen wir jetzt zu diesem Teil der Diskussion? Denn ich bin mir ziemlich sicher, dass Rachel das bei allem, was sie gemacht hat, einbezogen haben dürfte. Ob sie nun ein schelmisches altes Huhn war oder nicht, wenn sie was gesagt hat, hat sie sich daran gehalten."

Scheiße. Cassidy zog die Unterlagen aus ihrer Tasche und blätterte darin. „Da war was."

Neben ihr gab Stephanie ein leises Geräusch von sich. „Oh nein. Ist es *das*, was sie damit gemeint hat?"

Sie waren die Unterlagen mehrmals durchgegangen. Cassidy hatte gedacht, die Zeile über bestehende Verträge hatte sich darauf bezogen, keine bestehenden Buchungen zu stornieren.

Sie fand, wonach sie gesucht hatte, und las es laut vor. „Alle Bedingungen hängen von der Erwartung ab, dass die neuen Eigentümer alle früheren Versprechen und Verpflichtungen einhalten, die die Timberwolf Lodge gegenüber bestimmten Personen eingegangen ist."

Sie sah dem großen, haarigen Mann ins Gesicht. „Sie wohnen hier, weil Rachel gesagt hat, dass Sie das dürfen?"

Er lächelte zurück, und sein ziemlich furchteinflößendes Gesicht wurde trotz all der Haare seltsam freundlich. „Das tue ich."

Dann hatten sie also ihren ersten Gast.

Cassidy warf Stephanie einen Blick zu, die nur die Achseln zuckte. „Solange er seine Klamotten anbehält und vielleicht noch ein paar andere Regeln respektiert, kriegen wir das schon hin."

Es schien, als würde das ihr Motto für immer sein. Wir werden das schon hinkriegen.

Cassidy begegnete Jace' Blick. „Ich hoffe, Sie sind bereit, sich ins Zeug zu legen und sich schmutzig zu machen, denn wir haben vor, das hier zur besten Eco-Lodge in der Gegend zu machen. Wir werden die Frist einhalten und das Gütesiegel dieses *Wilson Packs* bekommen. Und Sie werden uns dabei helfen."

In seinen Augen lag Belustigung, aber auch Akzeptanz. Er senkte das Kinn. „Wie Sie wünschen."

3

Er war sich nicht sicher, warum es so lange gedauert hatte, bis er es bemerkte. Jace konnte seine anfängliche Langsamkeit wahrscheinlich damit erklären, dass sie sich mit Marvin befasst hatten, ihn zu Boden gerungen hatten und so weiter.

Erst als sie draußen an der Feuerstelle standen und er Cassidy genauer betrachtete, begriff er, was los war.

Sie roch köstlich. Das war das erste und auffälligste Detail, das alle anderen Warnlampen aufleuchten ließ. Sie hatte eine Haltung, die ihm gefiel. Sie sah gut aus, hatte viele Kurven und Muskeln an den richtigen Stellen. All das passte so perfekt zusammen, dass er sich ausgesprochen zu Cassidy Rundle hingezogen fühlte.

Im Großen und Ganzen war es kein Problem, sich zu einem Menschen hingezogen zu fühlen, aber es war normalerweise viel einfacher, wenn es sich um Menschen handelte, die in der Gemeinde aufgewachsen waren. Nicht um solche, die aus der Großstadt kamen und vielleicht noch nie von Wandlern gehört hatten.

Je länger sie redete und als je entschlossener sie sich

erwies, desto tiefer war die Tinte, in der Jace steckte. Er spürte nicht nur Anziehung.

Es war *die* Anziehung.

Er würde ihr nicht nur helfen, ihren Traum zu verwirklichen – er würde die ganze Zeit an ihrer Seite sein. Wenn es nach seinem Wolf ginge.

Glücklicherweise machten die Frauen eine Pause und gingen ins Haus, bevor Jace etwas Unkluges tun konnte, wie sich vorbeugen und Cassidy vom Halsansatz bis übers Ohr lecken, nur, um ihre Haut ausgiebig zu kosten.

Als die Ladys hinter der Tür verschwanden, trat Blue neben Jace und grinste, während er lässig zum Himmel pfiff.

Verdammt! „Was?", fragte Jace.

Blue zuckte unschuldig mit den Schultern. „Oh, nichts. Überhaupt nichts." Er richtete seine Aufmerksamkeit auf Marvin. „Obwohl ich nie im Traum daran denken würde, in dieser Situation angesichts der schönen Cassidy die Führung zu übernehmen, lass uns einen Kompromiss finden, bevor sie zurückkommen. Rachel hat gesagt, du kannst bleiben, also kannst du bleiben. Wo könntest du zufrieden leben, wenn nicht in der Lodge?"

Marvin spähte in den Wald, während er einen Moment nachdachte. „Um zu demonstrieren, was für ein rücksichtsvoller Mann ich bin, sage ich, Hütte 7 ist nett. Das ist ein Studio. Sie hat im Moment ein kleines Leck im Dach." Er grinste Jace an. „Ich bin ziemlich sicher, dass ein guter Hausmeister das im Handumdrehen reparieren kann."

Natürlich könnte der Hausmeister das. „Sehr rücksichtsvoll von dir, die größeren Hütten den zahlenden Gästen zu überlassen."

„Rücksichtsvoll ist mein zweiter Vorname", sagte

Marvin gedehnt und kratzte sich den Rücken an einem Baum. Er richtete sich auf und rollte mit den Schultern. „Ich habe Hunger. Das Umziehen und der andere Scheiß kann morgen passieren. Ich muss auf Nahrungssuche gehen."

Jace hob jedoch eine Hand. „Hütte 7 grenzt an den Wald. Wandle nur, wenn du außer Sichtweite des Hauses bist. Und wenn ich rüberkomme, um das Dach zu reparieren, werde ich einen Sichtschutz bauen, damit du dich ausziehen kannst, ohne gesehen zu werden. Verstanden?"

„Du hast einen viel zu großen Stock im Arsch", sagte Marvin ohne Aggression und ging dann, ohne irgendwas zu versprechen.

Jace' Kopfschmerzen wurden immer stärker, und es war kaum neun Uhr. „Glaubst du, er wird auf ein Wort hören, das ich gesagt habe?", fragte er Blue.

„Nur, wenn ihm danach ist."

Sie standen da und warteten, bis Marvin außer Hörweite war, dann wirbelte Blue zu Jace herum. „Im Ernst, wir haben Ärger."

Ärger oder etwas, das man feiern sollte, nur wusste Jace nicht, was sie zuerst angehen sollten. „Ach, denkst du?"

„Ich konnte mich gerade noch davon abhalten, sie auf der Stelle zu bespringen", sagte Blue leise und beugte sich vor, während er die Hintertür beobachtete, wahrscheinlich, um sicherzugehen, dass die Frauen nicht in der Nähe waren.

Eine plötzlich aufbrandende Welle von Wut traf Jace heftig und schnell. Blue sabberte Cassidy an? Dieser Wolf hatte einen Todeswunsch. „Im Ernst?"

Blue holte unsicher Luft und atmete tief ein. „Gott. Sie

riecht nach frisch gebackenem Brot und Keksen, und ich will mich stundenlang mit ihr im Bett wälzen."

Das konnte nicht passieren. „Du denkst, sie ist deine Gefährtin?"

„Boah, Alter. Ich dachte, du hättest die beste Spürnase weit und breit, aber es ist klar, dass ich, wenn es um schicksalhafte Beziehungen geht, den Jackpot geknackt habe, und du bist da draußen allein auf einsamer Flur."

Jace hielt seine Wut nur mit Mühe im Zaum. Er mochte Blue, erinnerte er sich. Er wollte seinem Cousin nicht die Kehle durchschneiden. Doch sein Geduldsfaden war zum Zerreißen gespannt. „Und was willst du Cassidy erzählen –"

„Cassidy?" Blue hielt abrupt inne und sah verwirrt aus. „Und warum knurrst du mich an und schlägst so eine alberne ..."

Sie starrten einander einen Moment lang an, bevor beide erleichtert seufzten.

„Nun, das Gute ist, dass du mich nicht ausweiden wirst, denn, verdammt, nein, ich rede nicht von Cassidy. Ich rede von Stephanie. Sie ist das Herrlichste, was ich in meinem ganzen Leben je gerochen habe." Blue grinste. „Und es scheint, als würden auch deine Junggesellentage zu Ende gehen. Jackpot, Cousin!" Blue hob seine Hand und wartete auf ein High Five.

Leider hatte Jace ein paar andere Dinge, um die er sich kümmern musste, bevor er feiern konnte. „Ja. Großartig. Meine Gefährtin gefunden zu haben ist ziemlich cool, aber es gibt eine Komplikation."

„Die kann nicht annähernd so wichtig sein, wie die Tatsache, dass wir unsere Gefährtinnen gefunden haben", beharrte Blue.

„Nein? Als wir das letzte Mal gesprochen haben, hat er

mir gesagt, er würde mir die Kniesehne durchtrennen und mich dann ausweiden, wenn er mich jemals wiedersehen würde. Was eine nicht unerhebliche Komplikation darstellt."

Blue fluchte. „Oh. Du meinst Cousin Del."

„M-hm." Es war wirklich ein Alptraum, der nur darauf wartete, wahr zu werden. Von all den Dingen, mit denen Jace sich nicht befassen wollte, stand sein Cousin Del ganz oben auf der Liste. „Der Alpha des Jasper-Rudels. Das Rudel, das mit dem Wilson-Rudel verbunden ist, dessen Zustimmung Cassidy und Steph brauchen, um Tante Rachels Lodge zu behalten."

STEPHANIE STARRTE AUS DEM FENSTER. „Sie reden immer noch. Warte – dieser riesige Elch von einem Mann ist weggelaufen. Glaubst du wirklich, dass es okay ist, wenn er hier bleibt?"

„Wir werden Zusicherungen einholen, dass er sich benimmt, vertrau mir." Cassidy legte ihre Hand auf Stephanies Arm. „Ich habe Stacy versprochen, dass sie einen sicheren Ort hat, an den sie ihre Kinder bringen kann, und das habe ich ernst gemeint. Das wird ihr Zuhause sein genauso wie unseres."

Stephanie beugte sich vor, um sich zu versichern, dass Marvin weiterging. „Ich weiß. Ich vertraue dir. Das mache ich immer."

Sie wandten sich einander zu, und im nächsten Moment wurde Cassidy fest umarmt. Stephanies Art, Zuneigung zu zeigen oder Trost zu spenden, war immer mit Umarmungen.

„Oh, hör auf. Werd mir jetzt nicht emotional und süß", beschwerte sich Cassidy.

„Du liebst mich. Ich weiß, dass du das tust."

Cassidy gab ein würgendes Geräusch von sich, was Stephanie zum Kichern brachte, wie Cassidy es erwartet hatte.

Sie drückte ihre Freundin noch einmal, weil Stephanie das brauchte, und straffte dann ihre eigenen Schultern. „Okay, nicht alles ist nach Plan gelaufen. Aber zumindest haben wir die ersten Probleme im System identifiziert und werden sie beheben. Und wir haben einen Hausmeister, also betrachte ich das als Pluspunkt."

„Er ist süß", bemerkte Stephanie. „Und er mag dich."

„Willst du, dass ich nochmal würge?", fragte Cassidy.

„Und ich meine, er ist auf eine Art süß, die *dir* gefällt, nicht auf die Art, die ich mag. Er hat Grübchen." Stephanie lehnte sich zum Fenster und blickte in die andere Richtung. „Was diesen hier angeht. Ich weiß nicht, was für ein Name *Blue* ist, aber er ist unterhaltsam."

„Er ist ein Sonnenstrahl in einer ansonsten tristen Welt", stimmte Cassidy zu.

Stephanie hob eine Hand. „Aber um dich zu beruhigen, ich bin nicht auf eine Beziehung aus, solange es dauert, die Timberwolf Lodge aufzubauen und in Schwung zu bringen. *Das* ist meine Priorität. Für dich und Stacy und die Zwerge."

Cassidy spähte aus dem Fenster und ertappte Jace dabei, wie er in ihre Richtung starrte. Die intensive Verbindung zwischen ihnen schlug wieder zu. „Ich weiß."

„Das heißt nicht, dass ihr keinen Spaß haben könnt", flüsterte Stephanie, bevor sie vorgab zu husten und sich auf die Brust klopfte. „Oje. Ich weiß nicht, woher das kam."

Cassidy lächelte und legte Stephanie einen Arm um die

Schultern, bevor sie sie zurück nach draußen führte. „Das kam tief aus deinem Innersten, denn du kannst einfach kein Blatt vor den Mund nehmen, und ich erwarte nicht, dass du das änderst. Sei du selbst! Wir haben beide ein bisschen Spaß verdient. Ich werde dir sicher keinen Vorwurf daraus machen, falls du entscheidest, dass es da was gibt, das du erkunden willst."

Stephanie legte eine Hand an die Tür, bevor Cassidy sie öffnen konnte. „Unwahrscheinlich, aber dasselbe gilt für dich, Miss ‚Meine Mädels fallen bald ab, weil niemand sie anfasst.'"

Cassidy zog eine Augenbraue hoch. „Bitte, ich weiß sehr wohl, wie man masturbiert, herzlichen Dank! In dieser Gegend gibt es keinen Mangel an irgendetwas."

„Aber Selbstliebe macht nicht so viel Spaß wie Sex", sagte Stephanie, während sie die Tür aufstießen und wieder nach draußen ging. Sowohl Blue als auch Jace warteten aufmerksam und bemühten sich sichtlich darum, nicht zu lachen.

Cassidy hatte das unheimliche Gefühl, dass sie zumindest einen Teil ihres Gesprächs mitbekommen hatten.

Wie auch immer. Sex war Spaß, unterhaltsam und etwas, das sie genießen durfte. Nur nicht jetzt, wo sie ein runtergekommenes Gebäude hatte, das sie in eine florierende Eco-Lodge verwandeln musste.

Jace kam auf sie zu, bevor sie sie an der Feuerstelle treffen konnte. „Das wäre drinnen vielleicht leichter, wenn Sie was haben, womit wir schreiben können. Hatten Sie schon Gelegenheit, sich hier umzusehen?"

Cassidy schüttelte den Kopf. „Wir haben die Tür aufgeschlossen, sind reingekommen und –"

„– haben eine interessante Show erlebt", beendete

Stephanie den Satz. „Ich habe Notizbücher in meiner Tasche im Auto. Soll ich eins holen?"

Cassidy nickte.

„Ich komme mit." Blue hüpfte fast zu ihnen und wurde langsamer, als er sich Stephanie näherte, die etwas hinter Cassidy zurückgewichen war. „Tut mir leid. Ich bin wirklich gut darin, Dinge zu tragen. Ich will nur helfen."

„Schon okay. Ich bin nur bis zu einem gewissen Grad nervös, nachdem ich einen nackten Mann in unserem Haus entdeckt habe."

„Das wird er nicht mehr machen", versprach Blue und deutete auf die Seite des Hauses. „Nach Ihnen."

Stephanie klopfte auf ihre Tasche und lächelte dann. „Okay."

Cassidy konnte es sich kaum verkneifen, die Augen zu verdrehen, als Stephanie und Blue außer Sichtweite gingen.

„Womit ist sie bewaffnet?", fragte Jace leise, und ein Grinsen umspielte seine Lippen. „Nicht, dass sie es brauchen würde. Blue ist wie der putzigste Welpe aller Zeiten."

„Manchmal bekommen Welpen eins mit der Zeitung auf die Nase, damit sie lernen, nicht zu beißen", erklärte Cassidy, als sie Jace in die Küche führte. „Sie kommt schon zurecht. Aber Sie sind verantwortlich dafür, dass sie sich benehmen. Nicht nur Blue, sondern auch unser unerwarteter Dauergast, Marvin."

„Ich verspreche, dass sie sich beide benehmen werden."

Die Worte kamen leise und heiser heraus. Sie drehte sich um und sah, dass er auf ihren Po starrte. Sie verschränkte die Arme vor der Brust, aber das half nicht viel, denn sein Blick wanderte höher und blieb hängen.

Mist, es war fast so, als wären seine Hände an ihr, eine

sanfte Liebkosung auf ihrer Haut und dann zwischen ihren Beinen.

Bevor sie ihn jedoch unhöflich nennen konnte, schoss sein Blick zu ihrem Gesicht. Er sah unbehaglich aus. „Tut mir leid. Ich verspreche, ich werde mich auch benehmen."

Sie machte einen Schritt auf ihn zu und hakte die Finger in seinen Gürtel. Der enge Blickkontakt erlaubte ihr zu beobachten, wie sich seine Pupillen weiteten.

Es musste die Reisemüdigkeit sein. Es musste etwas mit dem Chaos der letzten Monate und Wochen und Tage zu tun haben.

Denn was sie dachte, kam aus ihrem Mund. Einfach so. *Pop.*

„Was, wenn ich dir die Erlaubnis gebe, dich danebenzubenehmen?"

Und sie stellte sich auf die Zehenspitzen und presste ihre Lippen auf seine.

4

———

Ihr Geschmack strömte herein, und seine Fähigkeit, einen klaren Gedanken zu fassen, strömte heraus. Ihre Lippen waren weich und glatt auf seinen, nicht klebrig von aromatisiertem Gloss, der ihren Geschmack beeinträchtigte.

Er ballte seine Hände zu Fäusten und ließ sie auf ihre Hüften ruhen, denn sein erster Instinkt war gewesen, eine Hand in ihr Haar zu graben und daran zu ziehen, damit er ganz von ihrem Mund Besitz ergreifen konnte. Seine andere Hand könnte dann mühelos unter den Pullover gleiten, den sie trug, bis das Gewicht ihrer Brust seine Hand füllte.

Falls er irgendwelche Zweifel gehabt hatte, waren sie jetzt ausgeräumt. Sie war seine Gefährtin, und ganz gleich, wie unmöglich die nächsten Tage werden würden, es war ihm scheißegal. Zu wissen, dass sie seine war, reichte ihm. Sie davon zu überzeugen würde keine Last sein, sondern ein Privileg.

Cassidy zerrte sein Hemd aus dem Weg und drückte ihre kühlen Handflächen auf die Wärme seines Bauchs. Er keuchte und stahl ihr den Atem von den Lippen. Er küsste sie leidenschaftlicher, lehnte sich an sie und schaffte es irgendwie, seine Hände bei sich zu behalten.

„Jace", murmelte sie. „Berühr mich."

Gott sei Dank!

Er ließ eine Hand auf ihren unteren Rücken gleiten und die andere in ihr Haar, zog ihren Kopf zurück und verteilte Küsse über die Kante ihres Kiefers und ihren Hals hinunter. Er atmete tief durch, ein Schauer beutelte seinen ganzen Körper, als ihr Duft ihn überflutete. Die Hand auf ihrem Rücken hielt sie fest zusammen, und seine dicke Härte drückte gegen die Weichheit ihres Bauchs.

Gott, wie sehr er sich nach ihr sehnte. Er sehnte sich danach, sie hochzuheben und an die Wand zu drücken. Oder vielleicht genug Raffinesse aufzubringen, die oberen Räume zu durchsuchen und zu sehen, ob einer davon noch ein funktionierendes Bett hatte.

Die Haustür öffnete sich quietschend. Cassidy erstarrte und riss dann ihre Hände unter seinem Hemd hervor. Er ließ sie los, als sie zurücktrat. Ihre Hände schossen zu ihren erhitzten Wangen.

Jace steckte sein Hemd lässig wieder in die Hose, drehte sich um und tat so, als würde er die Küchenschränke untersuchen. „Die müssen wahrscheinlich nur lackiert werden."

Cassidy atmete immer noch schwer. Sie blinzelte heftig, bevor sie begriff und nickte. „Ja, denke ich auch. Streichen und ein bisschen Putzen. Ja, ich denke, das ist alles, was dieser Raum braucht."

Sie drehte sich ganz geschäftsmäßig zu Stephanie und Blue im Wohnzimmer um.

Stephanie hielt triumphierend einen großen Post-it-

Notizblock hoch. „Hier. Wir können mit der Planung anfangen. Ich bin so aufgeregt."

Gut. Sie hatten es geschafft, nicht ertappt zu werden. Ihre Freundin schien nicht bemerkt zu haben, dass er und Cassidy gerade geknutscht hatten.

Ein Blick auf Blue verriet ihm, dass Jace an dieser Front nicht annähernd so viel Glück haben würde.

Sein Cousin grinste breit, als er weiter in den Raum kam und einen Armvoll Büromaterial auf den einsamen Tisch im Raum legte. „Eine Aufgabenliste zu machen, klingt nach einer großartigen Idee. Cassidy, ich habe Stephanie gerade gesagt, dass ich Schreiner bin. Ich kann dir bei allen Renovierungsarbeiten helfen, oder Möbel bauen, die ihr für die Lodge braucht."

„Gut zu wissen. Es sieht so aus, als müssten wir eine Prioritätenliste machen, oder?" Cassidy wirbelte herum und drehte Jace den Rücken zu, als sie herüber marschierte und einen Notizblock und einen Stift nahm. „Lasst uns loslegen!"

„Ich kenne das Haus, also kann ich euch herumführen", bot Blue an. „Jace wird sich Notizen für uns machen."

So ein Arsch. Das war etwas, das Jace hasste. „Lass mich das machen."

Was bedeutete, dass er die nächste Stunde damit verbrachte, dem Trio Blue, Stephanie und Cassidy hinterherzulaufen. Er gab sich wirklich Mühe, nicht zu stolpern. Wenn er doch nur seine Augen von Cassidys Po abwenden und aufhören könnte, ihren ersten Kuss immer und immer wieder im Geist durchzuspielen.

Sie hatten gerade die dritte kleine Hütte verlassen, als Cassidy auf die Adirondack-Stühle auf der Veranda deutete. „Setzen wir uns. Ich habe ein paar Fragen."

Stephanie ließ sich auf den ersten freien Stuhl fallen

und zog eine Wasserflasche aus ihrer überdimensionierten Handtasche. „Wie kommt es, dass es so aussieht, als ob schon lange niemand mehr hier übernachtet hat?"

„Das wüsste ich auch gern. Denn so, wie Rachel in ihren Videos gesprochen hat, hatte ich angenommen, dass die Timberwolf Lodge seit vielen Jahren ein rentables Resort ist. Was ist passiert?" Cassidy richtete ihren Blick bei ihrer Frage direkt auf Jace.

Diese verdammten Schuldgefühle schlugen wieder zu. Trotzdem wollte er nicht zugeben, dass er seit Jahren nicht mehr hier gewesen war. „Ihr Mann ist gestorben. Ich dachte, Sie haben gesagt, sie hätte das in einem Video erwähnt, bevor sie die Verlosung ausgeschrieben hat."

Cassidy senkte langsam ihr Kinn. „Wollen Sie mir sagen, dass seit seinem Tod niemand mehr hier übernachtet hat?"

„Außer dem Elch?", bemerkte Stephanie trocken. Sie kicherte, als Blue sich versteifte. „Okay, ich weiß, es ist nicht nett, Leute als Tiere zu bezeichnen, selbst wenn sie nicht da sind, aber es passt zu ihm. Er ist so groß und schwerfällig. Finden Sie nicht auch?"

„Keine Widerrede meinerseits", sagte Blue. „Aber um den anderen Teil Ihrer Frage zu beantworten, Cassidy, es ist langsam passiert. Die Lodge hatte viele Stammgäste aus den Vorjahren, und sie sind alle im Jahr nach Jims Tod gekommen. Aber Tante Rachels Herz war nicht mehr dabei, also war das Erlebnis nicht mehr dasselbe. Irgendwann sind sie nicht mehr gekommen."

„Das ist traurig. Nicht nur für sie, sondern auch für die Leute, die hier Urlaub gemacht haben." Cassidys Blick schweifte über die Landschaft und die Hütten. Schweifte über die Lodge selbst, die einst ein Symbol des Urlaubsglücks gewesen war, jetzt aber zu einem Schatten ihres früheren Selbst verblasst war. „Ich gebe zu, dieses ganze Projekt ist mehr Arbeit, als ich dachte. Zum Glück ist die Substanz da. Sie hat einen gewissen Charme."

„Vielleicht kennen Blue und Jace die Leute, die früher regelmäßig gekommen sind", schlug Stephanie vor. „Wir können einen Teil der Lodge zum Laufen bringen und sie dann wieder hierher einladen. Gäste mit guten Erinnerungen machen es immer einfacher, als bei null anzufangen."

Es war eine brillante Idee, bis auf eine Sache. All die früheren Besucher würden Wandler sein, und im Moment war Jace sich nicht sicher, wie er mit dieser Situation umgehen sollte.

Verdammt, Tante Rachel. Was hast du dir dabei gedacht?

IRGENDWAS STIMMTE NICHT.

Mehr als Cassidys Libido, die auf Hochtouren lief und sie dazu brachte, sich wie eine Verrückte zu benehmen.

Es war die Art, wie Jace und Blue zögerten, bevor sie die einfachsten Fragen beantworteten, als würden sie gewisse Dinge in ihren Köpfen umformulieren. Sie hatte in der Vergangenheit genug davon gesehen, um Ausflüchte zu erkennen. Jetzt musste sie herausfinden, warum dem so war.

Außerdem musste sie irgendwann entscheiden, ob sie die Tatsache, dass sie Jace vor Kurzem um den Verstand geküsst hatte, ignorieren oder ob sie etwas deswegen unternehmen wollte. Es vielleicht sogar nochmal machen wollte.

Entscheidungen, Entscheidungen.

Zuerst gab es jedoch andere Prioritäten, die abgearbeitet werden mussten.

„Erst einmal danke, dass Sie Marvin dazu gedrängt haben, Hütte 7 zu nehmen, und versuchen Sie nicht, mir zu erzählen, dass Sie es nicht getan haben, denn ich weiß, dass dem so ist", sagte Cassidy zu Blue, als er den Mund öffnete, um etwas zu erwidern. „Dann glaube ich, müssen wir uns darauf konzentrieren, zuerst die Hauptbereiche des Hauses und ein paar Hütten in Ordnung zu bringen. Im Haus werden die Mahlzeiten serviert, und die Gruppentreffen finden auch da statt, aber die Hütten lassen sich besser für Übernachtungsgäste verkaufen, die unabhängig von Gruppen kommen. Sie können eine Liste machen, was das alles kosten wird, Jace. Und listen Sie alle Aufgaben auf, bei denen Stephanie und ich helfen können, um das Projekt schneller voranzubringen. Wir sollten einen Zeitplan aufstellen."

„Das ist ein guter Plan." Jace machte sich noch Notizen, aber er sah sie an, und seine Augen glänzten anerkennend. „Gut zu wissen, dass Sie bereit sind, sich die Hände schmutzig zu machen."

„Das hier ist alles oder nichts", sagte Cassidy. „Oh, und ich brauche eine Kostenschätzung. Stephanie muss sich eines der Zimmer oder eine Hütte aussuchen, um ein Spa einzurichten, denn das ist ihr Job. Außerdem war Stephs Idee vorhin gut. Ich würde es begrüßen, wenn Sie und Blue mir, trotz dem, was auch immer Sie zögern lässt, ein paar Namen von Leuten nennen könnten, die gern in die Timberwolf Lodge zurückkehren würden. Klein anzufangen ist eine gute Idee, aber irgendwann müssen wir Geld erwirtschaften und nicht nur ausgeben. Das Guthaben, das Ihre Tante in die Ein-Jahres-

Herausforderung eingebracht hat, war großzügig, aber es ist nicht unbegrenzt."

„Budgets sind gut, wenn auch lästig", stimmte Blue zu. Er warf Stephanie wieder diesen Welpen-Blick zu, bevor er einen geschäftsmäßigeren Gesichtsausdruck aufsetzte. „Falls Sie Schweiß-Kapital als Gegenleistung für die neuen Möbel, die Sie für die Lodge und die Hütten brauchen, in Erwägung zu ziehen bereit sind, bin ich mir ziemlich sicher, dass ich ein paar Rabatte aushandeln kann."

„Sie sind so süß." Stephanie streckte die Hand aus und tätschelte seine Wange.

Blue wurde rot wie eine reife Tomate.

„Ich werde über diese Liste nachdenken", versprach Jace. Er räusperte sich. „Ich nehme an, Sie wollen hier im Haus wohnen? Und hatten Sie nicht etwas von Kindern erwähnt?"

Cassidy dachte zurück, konnte sich aber nicht erinnern, wann sie das in seiner Hörweite erwähnt haben könnte. Trotzdem war es wahr – es war sinnlos, es zu leugnen. „Stephanies Schwester wird Ende des Monats zu uns stoßen. Stacy ist eine alleinerziehende Mutter, also werden sie hier sein, sobald die Kinder mit der Schule fertig sind. Die Jungs sind zehn, sechs und fünf. Das ist ein weiterer Grund, warum ich sicher sein muss, dass sich unser Gast in Hütte 7 benimmt."

„Marvin wird in Gegenwart der Kinder kein Problem sein. Das garantiere ich", bot Blue sofort an. „Ich weiß, dass er sich heute nicht im besten Licht gezeigt hat –"

„Oh, das Licht hat *alles* gezeigt", bemerkte Steph mit einem trockenen Kichern.

Blues Lippen zuckten. „Aber Marvin ist nur ein Arsch gegenüber Erwachsenen. Er liebt Kinder."

Ein nachdenklicher Blick trat in Jace' Augen. „Der

hintere Flügel der Lodge war die Wohnung meiner Tante und meines Onkels und aller Hilfskräfte, die sie hatten. Den Teil könnten Sie als Familienquartier für Stacy einrichten. Der Flügel ist ein bisschen besser abgetrennt und bietet mehr Privatsphäre, was gut ist für die Kinder, wenn Sie zahlende Gäste haben. Oder sie könnten eine Hütte nehmen. Vielleicht wollen Sie das mit ihr besprechen und sehen, was ihr lieber wäre."

Etwas, das Cassidy nicht bedacht hatte. „Gute Idee, danke."

Etwas krachte laut genug in den Büschen, um Cassidy zusammenzucken zu lassen.

Stephanie sprang auf und marschierte zum Rand der Veranda. Ihre Finger schlossen sich um das Geländer. „Heilige Scheiße."

Cassidy trat neben sie, und ihr Mund klappte herunter, als der größte Elch, den sie je in ihrem Leben gesehen hatte – okay, der *erste* Elch, den sie jemals im wirklichen Leben gesehen hatte – an ihrem SUV vorbeistolzierte. „Guter Gott. Müssen wir ihn erschießen oder so?"

„Verlockender Gedanke", murmelte Blue.

Jace hustete, trat aber schnell zu ihnen ans Geländer. Er lächelte beruhigend. „Es ist okay. Er wandert nur in der Gegend herum. Wenn er lästig wird, werde ich dafür sorgen, dass er umgesiedelt wird."

„Gibt es hier noch andere wilde Tiere?", fragte Stephanie ziemlich atemlos und starrte dem Elch nach, bis er die Straße hinunter und in der Schlucht verschwand.

„Das Übliche. Ziemlich viele Raubvögel wie Adler und Falken. Einige der größeren Tiere wie Elche und Wapitis. Es gibt ein Wolfsrudel in der Gegend und gelegentlich Bären." Jace sagte es sachlich, aber er starrte Blue an, als wollte er ihm sagen, er solle den Mund halten.

Was war nur mit diesen beiden und ihrer Heimlichtuerei mit den verschwörerischen Blicken los? Es fing an, Cassidy zu nerven.

Dennoch hatte sie zuerst ein anderes Problem zu lösen. „Wir brauchen Lebensmittel und müssen was essen, bevor wir einkaufen gehen, um nicht alle möglichen unklugen Entscheidungen zu treffen. Da ihr uns geholfen habt und es uns das Leben leichter macht, wenn ihr uns den Weg in die Stadt zeigt, laden wir euch zum Mittagessen ein."

Stephanie runzelte die Stirn. „Wo wir gerade davon reden, wo ist euer Auto?"

Blue deutete den Hügel hinauf. „Jace hat da oben geparkt. Hat ein kleines Problem mit seinem Vergaser."

Wieder einmal wunderbar. Cassidy musterte ihren neuen Hausmeister besorgt. „Bitte sagen Sie mir, dass Sie die Fähigkeiten haben, zu tun, was hier nötig ist?"

Jace hob eine Hand. „Ich schwöre feierlich, dass ich mich um Sie kümmern werde."

Der Schauer, den sie spürte, hätte nicht passieren sollen. Außerdem hatte er ihr nicht wirklich geantwortet, sondern war in eine ganz andere Richtung gegangen. Lächerlich, wie die albernsten Dinge, die er sagte, ihr Inneres erzittern ließen. Aber sei's drum.

Sie würde sich bald mit dem Lustproblem auseinandersetzen. Zuerst brauchte sie was zu essen.

Sie gingen hinein, wo Blue Stephanie half, den Bürokram einzupacken. „Barbecue klingt gut?"

„Oh, ich esse kein Fleisch", antwortete Stephanie ernst. „Gibt es irgendwo in der Stadt Tofu?"

Wie sie es sagte, war einfach perfekt. Sowohl Blue als auch Jace schauderten, bevor sie ihr offensichtlich falsches Lächeln wieder aufsetzten.

„Sicher", sagte Blue mit etwas weniger Begeisterung.

Stephanie ruinierte ihr Pokerface, indem sie lachte. „War nur ein Scherz. Barbecue ist wunderbar, obwohl ich auch Tofu mag."

„Tofu mit Barbecue-Sauce könnte ich machen", bot Blue an.

Cassidy drehte sich um und bemerkte Jace direkt neben sich. Er starrte sie sehr hitzig, aber nicht unheimlich an. „Und was mögen Sie, Cassidy?"

„Intensive Geschmäcker. Süß, salzig, scharf genug, dass sich die Haare kräuseln. Ich mag Essen, das belebend ist, und Gesellschaft, die unterhaltsam ist."

Er senkte sein Kinn. „Dann weiß ich genau, wohin wir gehen. Blue? Ruf Pete an und sag ihm, er soll uns eine Nische freihalten."

Cassidy war zu sehr damit beschäftigt, in Jace' faszinierende Augen zu starren, um sicher zu sein, aber sie glaubte, Blue leise fluchen gehört zu haben, bevor er sagte: „Okay."

5

———

Das war mehr als dumm. Pures und vollkommenes Chaos.

Jace hatte die Timberwolf Lodge und die Stadt Jasper vor all diesen Jahren ganz bewusst verlassen. Damit hatte er einen Krieg vermieden, den niemand gewinnen konnte.

Als er durch den Brief seiner Tante zurückbeordert worden war, hatte er nach Möglichkeiten gesucht, den Frieden zu wahren. Die meisten dieser Möglichkeiten beinhalteten, den Ball flachzuhalten oder nie einen Fuß in die Stadt zu setzen. Niemals.

Er sollte die Frauen nicht einmal in die Nähe von Jasper bringen, geschweige denn in das Restaurant seines Cousins.

Aber während er das unglaubliche Gefühl seiner Hand auf Cassidys Rücken genoss, als er sie zu einem Tisch in Petes Restaurant führte, wusste er irgendwie, dass es passieren musste. Verdammt nochmal!

Es war noch nicht ganz Mittag, also war erst ein Viertel der Tische belegt, aber schon waren alle Augen auf ihre

Gruppe gerichtet, als Blue sie zu einer Nische in der Ecke führte.

Gut – ein bisschen außer Sicht, eine Wand, an die er sich mit dem Rücken lehnen konnte ...

„Jace, du alter Hund. Wie zum Teufel geht's dir?"

Verdammt. Sie waren alle verdammt, entschied Jace, als er sich zu seinem Onkel Lenny umdrehte. So viel zu einer stillen Rückkehr in die Wolfsgemeinschaft. Jace fragte sich, wie lange es dauern würde, bis alle wussten, dass er da war, wenn man bedachte, dass Lenny das lauteste Waschweib im ganzen Rudel war.

Wie lange würde es dauern, bis Del es hörte und beschloss, aufzutauchen?

Jace wusste, dass er nichts anderes tun konnte, als es zu nehmen, wie es kam. „Bestens, Onkel Lenny. Wir wollen hier nur was essen."

Lenny griff nach Jace' freier Hand und schüttelte sie überschwänglich. „Sicher wollt ihr das. Das ist der einzige Laden in der Stadt, der einen Besuch wert ist, der meines Jungen Pete. Setzt euch, setzt euch. Alle werden sich so freuen, dass du wieder da bist. Ist schon lange her. Habe allen gesagt, dass du eines Tages wieder durch diese Türen kommen würdest. Wer ist das? Ist sie dein Mädchen? Natürlich ist sie das."

Bevor Jace sich zwischen Lenny und Cassidy drängen konnte, hatte sein Onkel ihre Hand gepackt und sie angehoben, als wollte er ihr einen Kuss auf die Fingerknöchel drücken.

Cassidy wand sich. Eine scheinbar beiläufige Bewegung, die Lenny ins Leere gebeugt zurückließ, während sie zur Seite trat und vor Stephanie stehen blieb, wohl instinktiv, um ihre Freundin zu beschützen.

Jace bemerkte anerkennend, wie Cassidy darauf

achtete, Platz für ihre Füße und Arme zu lassen, um bei Bedarf treten oder schlagen zu können. Eine Woge der Lust traf ihn, und er schwelgte in der Empfindung.

Eine sexy, sexy Frau, die wusste, wie man sich und andere beschützte? Er war so verdammt erledigt. Es spielte keine Rolle, dass er sie erst Stunden zuvor zum ersten Mal gesehen hatte.

Das ist die Macht der Schicksalsgefährten, erkannte er.

Sie war wunderbar, und er würde alles für sie tun. Auch sie davor bewahren, ihre Fingerknöchel am Gesicht seines Onkels zu prellen, denn das schien als Nächstes auf der Tagesordnung zu stehen.

Jace nahm seine Position neben ihr wieder ein, überließ ihr aber eindeutig die Führung. „Cassidy, das ist unser Onkel Lenny. Seinem Sohn gehört das Restaurant. Onkel Lenny, das ist Cassidy. Sie und ihre Freundin Steph sind die neuen Besitzerinnen von Tante Rachels Lodge. Blue und ich arbeiten mit ihnen zusammen, um die Lodge wieder zum Laufen zu bringen.”

„Ihr arbeitet mit –”, würgte Lenny hervor und schnupperte dann. Er verdrehte die Augen, bevor er Jace wütend anstarrte, da ihm schließlich klar wurde, dass Cassidy und Steph Menschen waren. „Na ja.”

Cassidy verschränkte die Arme vor der Brust, Missbilligung ging von ihr aus, während sie Lenny musterte. Dann ignorierte sie den älteren Mann demonstrativ und wandte sich Jace zu. „Kriegen wir bald was zu essen, oder soll ich uns was schießen gehen?”

Die Vorstellung, wie sie selbst auf die Jagd ging, machte ihn wieder total an. „Wir setzen uns. Mein Onkel wollte gerade gehen.”

Nur war der Tisch in der Ecke jetzt besetzt.

Es hatte keinen Sinn mehr, zu versuchen, sich zu

verstecken. Jace schob sich an seinem Onkel vorbei und zog einen Stuhl an einem Tisch genau in der Mitte des Raumes heraus. Nahezu perfekt synchron bot Blue Stephanie einen Stuhl an.

Die beiden Frauen setzten sich ruhig hin, als wären nicht Dutzende Augen aus allen Richtungen auf sie gerichtet.

„Jace. Hier bitte", bat Cassidy und klopfte auf den Stuhl neben sich. Den, der ihn mit dem Rücken zur Tür positionierte.

Scheiß drauf. Er setzte sich.

Blues Augen weiteten sich, aber er setzte sich schnell auf den Stuhl neben Stephanie.

Cassidy begegnete den Blicken der Rudelmitglieder im Raum, während sie sich zu ihm beugte. „Interessanter Ort."

„Man gewöhnt sich dran", sagte Jace ruhig.

„Genauso wie an Schimmel und Hausschwamm."

Er lachte und drehte sich zu ihr um. „Aber hier gibt's das beste Essen der Stadt. Und damit Sie es wissen, es gibt keine Speisekarten. Wir bekommen, was auch immer Pete heute kocht."

„Und es wird schmecken?"

Blue sabberte fast, während sein Blick jemandem folgte, der sich dem Tisch von hinten näherte. „Sie werden um eine zweite Portion betteln. Versprochen. Hey, Pete!"

Pete selbst blieb neben dem Tisch stehen, ein riesiges Tablett auf der Schulter, als ob es nichts wiegen würde. „Ich habe gehört, es gibt Ärger im Gastraum. Blue, immer schön, dich zu sehen." Er ließ seinen Blick über Jace wandern und musterte dann die Frauen. „Cassidy. Stephanie. Ich entschuldige mich für meinen Vater. Er pisst sich gern auf."

„Hoffentlich nicht in der Küchen", bemerkte Stephanie

mit einem Lächeln. „Ist das das Essen, das wir mögen sollen, sonst ...?"

„Bonuspunkte für schnelle Lieferung", murmelte Cassidy. „Hallo, Pete. Jace sagt, das hier ist der beste Laden im Ort. Wir sind bereit, uns von Ihren schillernden Kochkünsten beeindrucken zu lassen."

„Schillern tun sie im Kunstladen. Ich füttere die Seele." Pete musterte sie ernst. „Irgendwelche Allergien?"

„Keine", sagten Cassidy und Stephanie im Chor.

Pete nahm das Tablett von seiner Schulter und fing an, das Essen zu verteilen. „Gut. Und wenn es was gibt, das Sie nicht mögen, Pech. Probieren Sie es trotzdem."

Der ganze Laden könnte jeden Moment in die Luft fliegen, wenn Del oder einer der anderen Anführer des Rudels auftauchte, doch für den Moment beschloss Jace, sich keine Sorgen zu machen. Pete servierte, und sein Cousin war ein Zauberer in der Küche.

Die Apokalypse konnte warten. Jace hatte sein Mittagessen zu essen.

NICHTS AN DIESEM TAG war nach Plan verlaufen, aber Cassidy überkam zwischenzeitlich jedes Mal ein seltsames Gefühl der Befriedigung, wenn sie mit einer weiteren Überraschung fertig wurde.

Nackter Mann in ihrem neuen Haus? Keine große Sache.

Eine Lodge, die nach Jahren der Vernachlässigung renoviert werden musste? Da sah sie einen Weg zum Ziel.

Dieses Restaurant mit einem merkwürdigen Empfangskomitee, viel zu vielen neugierigen Glotzern und ohne Speisekarte? Okey-dokey.

Ein Hausmeister, der die meisten der letzten Jahre nicht da gewesen war – okay, dafür würde sie Jace irgendwann die Hölle heiß machen.

Im Moment jedoch war sie besessen von der Menge an Essen, die Pete scheinbar mühelos auf den Tisch gestellt hatte, aber mit einem intensiven Blick, der verriet, dass er mehr an ihrer Reaktion interessiert war, als er zugeben wollte.

Kein Problem. Sie war versucht, riesige Bissen so schnell wie möglich in sich hineinzuschaufeln, und nur die Tatsache, dass sie neu hier war und keinen schlechten ersten Eindruck hinterlassen wollte, hielt sie davon ab, so unhöflich zu sein.

Makkaroni und Käse mit Speckstücken, so perfekt zubereitet, dass sie auf ihrer Zunge zergingen. Ein gegrilltes Käsesandwich mit einer Schicht süß-würziger Marmelade. Eine Suppe, die scharf genug war, um sie ins Schwitzen zu bringen. Und das war nur das, was direkt vor ihr stand.

Jace blinzelte nicht, als sie eine seiner Pommes stahl.

„Trüffelöl und Gorgonzolakäse", erklärte er, nachdem er einen Bissen von seinem riesigen Burger gekaut und geschluckt hatte.

„So gut", sagte Cassidy. Scheiß auf den Versuch, höflich zu sein. Sie packte ihn am Handgelenk. „Kann ich den Burger probieren?"

Seine Pupillen weiteten sich. Anstatt ihr den Burger zu reichen, hielt er ihn ihr entgegen und wartete, während sie hineinbiss. Sein Blick heftete sich auf ihre Lippen, und Hitze- und Kälteschauer liefen ihr abwechselnd über den Rücken, während der Geschmack des perfekt gegarten Burgers in ihrem Mund explodierte.

Sie zog sich zurück, aber bevor sie außer Reichweite war, hob er seine andere Hand und wischte über eine Stelle in der Nähe ihrer Lippen. Instinktiv drehte sie sich um, saugte seinen Finger in ihren Mund und leckte ab, was er weggewischt hatte.

Das Hitze- und Kältegefühl in ihr schwoll zu Vulkan- und Eisbergstärke an. Sein Blick ließ nicht von ihr ab, und sie konnte nur an den Kuss denken. Sie hatte ihn geküsst. Könnte ihn wieder küssen, wenn sie wollte.

Oh ja, bitte.

Okay, das war eine einfache Entscheidung. Sie würde ihn wieder küssen, weil sie es wollte. Aber jetzt …

„Probier meine Pizza", bot Stephanie an und schob ihr ein Stück entgegen.

„Und meine Zwiebelringe", bot Blue an.

Cassidy würde gleich hier am Tisch einen Essensorgasmus bekommen. „Euer Cousin ist unglaublich", sagte sie zu Jace und Blue, nachdem sie von allem gekostet hatte.

„Heißt das, du hast die Probleme mit unserem Onkel vergessen?", fragte Blue.

„Welche Probleme?" Stephanie schob Blues Hand weg, als er versuchte, sich ein Stück ihrer Pizza zu schnappen. „Fass das an und stirb."

„Ich bin bereit, gegen eine scharfe Frikadelle zu tauschen", konterte er. „Und ich nehme an, niemand hier hat was dagegen, wenn wir uns duzen?"

Sie waren süß, und offensichtlich waren sie alle auf dem Weg ins Fresskoma.

Cassidy begegnete Jace' Blick erneut. „Okay, was Ideen angeht, war Petes Restaurant spektakulär. Ich verzeihe dir alles, was du mir nicht erzählst. Oder ich werde es tun, wenn du mir den Rest deines Donair gibst."

Jace' Grinsen ließ sie innerlich strahlen. „Du kannst meinen Döner haben, und ich entschuldige mich für die

Geheimnisse. Ich verspreche, ich werde dir erzählen, was ich kann, wenn ich kann. Es ist nur … kompliziert."

„Das sagen alle."

„Manchmal ist es die Wahrheit." Jace schaufelte den Rest seines köstlichen Donair auf ihren Teller und beugte sich dann zu ihr vor. „Hier ist eine Wahrheit, auf die ich dich nicht warten lassen werde: Du bist die erotischste Frau, die mir je über den Weg gelaufen ist."

Oh, bitte. Wusste er irgendwie, dass sie vorhatte, ihn bei nächster Gelegenheit um den Verstand zu küssen? „Danke. Aber deinen Donair gebe ich dir trotzdem nicht zurück."

Als er grinste, blitzten diese tödlichen Grübchen wieder auf, und ihr Herz machte ein seltsames, übertriebenes und unerhörtes *Klopf-Klopf*. Sei's drum. Jetzt Essen. Renovierungen und Pläne für die Lodge danach. Verführung oder zumindest Lippenkontakt später.

Das war alles, was Cassidy vorhatte, bis die unbekannte blonde Schönheit aus heiterem Himmel an ihren Tisch kam und sich auf Jace' Schoß setzte.

„Hey, Darling. Ich habe gehört, dass du zurück bist, und bin rübergeeilt, um dir zu sagen, wie sehr ich dich vermisst habe." Die Blondine drückte ihre Hände an seine Wangen und machte Anstalten, ihn zu küssen.

Es war ein seltsamer Tag gewesen. Das gab Cassidy gern zu. Aber aus irgendeinem Grund ging ihr das einen Schritt zu weit.

Sie musste Jace zugestehen, dass er seine Hände hochgerissen hatte, um sich aus dem Griff der Frau zu befreien. Doch noch schneller packte Cassidy den Pferdeschwanz der Frau und riss daran.

Die Bewegung riss Blondies Lippen von Jace' Gesicht weg.

Der zweite Ruck zerrte die Frau von seinem Schoß und ließ sie zu Boden fallen.

Blondie schnaubte, dann versuchte sie, sie sich aufzurappeln, und ihr Blick warnte Cassidy, dass sie vorhatte, sich auf sie zu stürzen.

Oh nein. Cassidy hatte noch Essen auf dem Teller, das sie genießen wollte, und jemanden an ihren Tisch zu lassen, der möglicherweise voller Keime war, war absolut inakzeptabel. Sie schob ihren Stuhl weit genug zurück, um einen Fuß auszustrecken und auf den Oberschenkel der anderen Frau zu treten und sie festzuhalten.

„Keine Bewegung!", warnte Cassidy leise. Verdammt, ihr Ton war sogar freundlich. „Steph?"

„Schon dabei." Im nächsten Moment war ihre beste Freundin hinter der Blondine, und dann fing die Fremde richtig an zu fluchen. Wie ein Rodeo-Cowboy bewegte sich Steph in einem schnellen, aber präzisen Rhythmus, und Sekunden später warf sie mit einem zufriedenen Grinsen die Hände in die Luft. „Fertig."

Nur die fluchende Blondine lachte nicht, denn ihre Hände und Füße waren in unglaublichem Tempo mit Kabelbindern gefesselt worden, und im Gastraum war es wieder totenstill, alle Augen auf ihren Tisch gerichtet.

Okay, Cassidys Reaktion war extrem gewesen. Sie sollte ihr peinlich sein. Sie sollte sich schämen.

Nein, nicht einmal ein bisschen. Das Einzige, was übrig blieb, war ein leises Grollen der Eifersucht und Wut, dass diese Schlampe es gewagt hatte, sich auf Jace' Schoß zu setzen.

Akzeptier einfach die Seltsamkeit der Situation, beschloss Cassidy.

Sie wandte sich Jace zu. „Jemand, den du kennst?"

6

Jace war in diesem Moment so verdammt erregt. Er konnte sich gerade noch davon abhalten, Cassidy zu packen. Wenn er sie an sich zog, könnte er sie auf der Stelle für sich beanspruchen. Es war in vielerlei Hinsicht eine schlechte Idee, aber trotzdem verdammt verlockend.

Je länger sie bei Pete herumhingen, desto wahrscheinlicher war es, dass die Situation weiter eskalierte.

Jace traf eine kalkulierte Entscheidung und ignorierte alle außer Cassidy. Er begegnete ihrem Blick, als er eine Hand auf ihren Oberschenkel legte. „Emma ist eine alte Freundin. Sie hat vergessen, dass wir kein Paar mehr sind, aber ich bin mir ziemlich sicher, dass sie sich jetzt daran erinnert."

Feuer blitzte in Cassidys Augen auf. „Alte Freundin. Das heißt wohl, du willst, dass ich sie losbinde."

Emma fluchte weiter vor sich hin, war aber klug genug, Cassidy nicht direkt zu beschimpfen. Stattdessen begann sie, Jace zu beleidigen.

„Verdammter Idiot. Glaubst du, du kannst gehen und dann wieder hier aufkreuzen, wie es dir passt? Del wird dazu was zu sagen haben. Und du verdienst den Schmerz, den er dir zufügen wird."

„Ich will sie nicht wirklich losbinden", sagte Cassidy, ignorierte Emma und sprach stattdessen direkt mit Jace.

„Aber wenn du es machst, können wir sie bitten, zu gehen. Dann wäre es viel leiser, und du kannst dein Mittagessen in Ruhe aufessen."

Cassidy überlegte und nickte dann. „Steph?"

Die andere Frau war zu ihrem Platz auf der anderen Seite des Tisches zurückgekehrt und aß sowohl ihr Essen als auch das bisschen, das noch auf Blues Teller war. Sie winkte unbekümmert mit der Hand. „Ich fessele Arschlöcher. Ich mache sie nicht los. Außerdem habe ich nichts, womit ich die Kabelbinder durchschneiden könnte."

„Ich mache es", bot Blue an. Er hielt inne und zeigte auf Stephanie. „Wenn du den Rest meiner Zwiebelringe isst, während ich weg bin, haben wir allerdings ein Problem."

Er ging zu Emma hinüber, die immer noch vor Wut kochte.

Jace beobachtete alles aus dem Augenwinkel, weil es viel wichtiger schien, Cassidy in die Augen zu sehen. Sie hatte wirklich die schönsten Augen. Ein tiefes Grün mit einem Hauch von Gold um die Iris. „Emma. Du musst gehen."

Er legte eine Spur Dominanz in seine Worte, und das Fluchen hörte abrupt auf. Interessanterweise weiteten sich Cassidys Pupillen ein klein wenig, und etwas wie Hunger huschte über ihr Gesicht, der alles in ihm aufhorchen ließ.

Oh, das war jetzt interessant.

„Ich werde Del alles erzählen!", verkündete Emma.

Nur war ihr Ton diesmal viel höflicher, was für seinen Wolf akzeptabel war.

„Schön für dich. Sag ihm, meine Nummer ist noch immer die gleiche. Wenn er mich anrufen will, können wir reden."

Cassidy drehte den Kopf, um zuzusehen, wie Emma aus dem Restaurant stapfte. „Sie ist hübsch, aber diese Attitüde muss auf Dauer schwer zu ertragen sein."

Mit seiner zukünftigen Gefährtin über alte Flammen zu reden, kam nicht in Frage. Niemals. Jace ignorierte Emma völlig. „Sollen wir Pete bitten, uns ein oder zwei Desserts zu bringen?"

Es war, als würde ein Scheinwerfer auf ihn gerichtet. Cassidy schaltete ihr Hundert-Watt-Lächeln ein, und er wollte sich auf den Rücken drehen, damit sie ihm den Bauch kraulen konnte. „Ich glaube, wir essen auf, was auf dem Tisch steht, und nehmen dann das Dessert mit." Sie beugte sich näher zu ihm und flüsterte: „Wir müssen in der Lodge über ein paar dieser Geheimnisse reden."

Was keine schlechte Idee war.

Irgendwie schafften sie es, den Rest des Essens auf dem Tisch aufzuessen, während die anderen Gäste um sie herum wieder zu ihren Gesprächen zurückkehrten. Jace begegnete den Blicken von Rudelmitgliedern, die, soweit er sich erinnern konnte, der Situation neutral gegenüberstanden. Die meisten schienen eher neugierig als besorgt.

Als Pete eine riesige Papiertüte an den Tisch brachte, waren die Teller fast leer geleckt.

Er ging direkt zu Cassidy. „Das ist für Sie."

Cassidy schlang gierig ihre Arme um die Tüte. Sie warf Jace einen Blick zu. „Hast du das gehört? Alles meins."

Pete tauschte Blicke mit Jace und senkte das Kinn.

Zustimmung und Akzeptanz lagen darin. Das war eine Gegend, in der er keine Probleme haben würde, und Jace war dankbar dafür. Er würde nicht nur Petes Kochkünste vermissen, sein exzentrischer Cousin war auch grundsolide. Genau die Art von Wolf, die Jace in den kommenden Tagen an seiner Seite brauchte.

Jace drückte seinem Cousin ein paar Scheine in die Hand. „Das ist für das Essen. Danke für alles.”

„Danke, dass ihr im Restaurant kein Blutbad angerichtet habt", sagte Pete aufrichtig. „Wir sehen uns?”

„Ich gehe nirgendwohin", sagte Jace deutlich und stand auf. „Ich bringe dir deinen Truck zurück, sobald ich kann.”

„Fahr damit aber nicht in zu abgelegene Gegenden", warnte Pete. „Sie war in letzter Zeit launisch.”

Ha! Den Rat hätte er früher gebrauchen können. Jace nahm Cassidy die Tüte ab und bot ihr dann die Hand an.

Sie mit Dutzenden von Augen, die sie beobachteten, an der Hand hinauszuführen, fühlte sich irgendwie richtig an. Dort gehörte sie hin, an seine Seite. Er neben ihr.

Jetzt mussten sie nur noch herausfinden, wie sie dauerhaft dorthin kommen konnten. Vielleicht konnten sie sich, wenn sie wieder in der Hütte waren, hinsetzen und ein einfaches Gespräch über ein paar Tatsachen des Lebens führen, von denen Cassidy und Stephanie bisher nichts wussten.

Sie wissen schon, sich hinsetzen und erklären, dass sich manche Menschen in Tiere verwandeln konnten. Dass das ihre Lebensweise war und –

Ja. Ganz einfach.

Aber vielleicht würde es einfach werden. Jace war allerdings klug genug, dafür zu sorgen, dass keine Kabelbinder in der Nähe waren und dass beide Ladys von den Desserts, die Pete ihnen mitgeschickt hatte, vollkommen gesättigt waren.

~

CRÈME-BRÛLÉE-KÄSEKUCHEN MIT SCHOKOLADENSOßE und Himbeeren war jetzt Cassidys absolutes Lieblingsessen.

„Können wir Pete entführen und hierher bringen, damit er für uns kocht?", stöhnte Stephanie, während sie Pekannusskuchenkrümel von der Vorderseite ihres T-Shirts fegte.

„Entführungen gelten in der zivilisierten Gesellschaft als allgemein verpönt", sagte Blue.

„Du bist so gemein."

„Oh, ich habe nie gesagt, dass ich es nicht tun würde, ich wollte nur sicherstellen, dass du verstehst, wie weit ich gehen würde."

Blue und Stephanie lächelten einander an und tauschten Kuchenstücke aus.

Jace hatte einen einzelnen Keks aus der Tüte genommen und sich dann in den Stuhl zurückgelehnt, als plante er, die Weltherrschaft an sich zu reißen, während der Rest von ihnen jede einzelne Kalorie aus der Tüte verspeiste.

Nur Cassidy hatte ihn beobachtet. Meistens, während er sie beobachtet hatte. „Ich würde dir einen Penny für deine Gedanken bieten, aber ich habe das Gefühl, sie sind mehr wert."

Er senkte langsam sein Kinn. „In dieser Kategorie haben wir euch nichts erzählt, weil sie kompliziert sind. Ich überlege, wie ich es ein bisschen vereinfachen kann, ohne dass wir alle in Schwierigkeiten geraten."

„Weil du heimlich bei der Mafia bist", vermutete Stephanie. „Und wenn du es uns sagst, musst du uns töten?"

„Ja." Blue sagte es mit todernster Miene.

Die Tatsache, dass er nichts weiter sagte und einfach nur dasaß und sie anstarrte, ließ seine Worte viel zu bedrohlich und real erscheinen.

Jace seufzte. „Lass den Unsinn, Blue."

Blue richtete sich auf und zwinkerte Cassidy zu. „Aber hör zu, jetzt, wo ich das gemacht *habe*, weißt du, dass du mir vertrauen kannst, wenn ich es mache. Es ist der Mafia verdammt ähnlich, und es besteht tatsächlich die Gefahr, dass jemand stirbt, aber nicht du, also musst du dir über diesen Teil keine Sorgen machen."

„Blue", sagte Jace, diesmal schärfer. Ein seltsamer Energiestoß wehte durch den Raum, zusammen mit dem Geruch, der nach einem Blitzeinschlag in der Luft hängt.

Der andere Mann lag träge neben Stephanie auf dem Sofa und streckte sich mit den Armen auf der Rückenlehne aus. „Zu schade, dass deine gruselige Stimme bei mir nicht funktioniert, Kumpel."

„Du hilfst nicht."

„Und du neigst dazu, alles überzuanalysieren", beharrte Blue. „Sie werden es verstehen."

„Und woher weißt du das? Weil du einen magischen sechsten Sinn hast –", begann Jace und brach dann plötzlich ab. Er kniff sich in den Nasenrücken. „Okay. Du *hast* einen magischen sechsten Sinn, der dir diese Dinge sagt. Sorry."

„Nichts für ungut", sagte Blue fröhlich. „Willst du anfangen oder soll ich?"

„Du hast schon angefangen", murmelte Jace.

Stephanies Blick war zwischen den beiden Männern

hin- und hergewandert. „Es ist unglaublich, wie unterhaltsam ihr beiden seid, wenn man bedenkt, dass ihr nichts gesagt habt, was ich auch nur ansatzweise verstehe."

„Hat diese Information, die ihr uns mitteilen wollt, was mit Timberwolf Lodge zu tun? Denn wenn ja, würde ich sie lieber früher als später hören. So im nächsten Jahrhundert", sagte Cassidy.

„Es hat nur auf einer Ebene mit der Lodge zu tun. Vielleicht auf zwei." Jace runzelte die Stirn. „Okay, es hat total mit der Lodge zu tun. Also, die Sache ist die. Unsere Tante, die dir die Lodge geschenkt hat ..." Er schüttelte den Kopf. „Nein. Nicht der richtige Ausgangspunkt."

Er warf seinem Cousin einen Blick zu, als würde er um Hilfe bitten.

Blue sprang auf und ging hinter dem Sofa auf und ab. „Siehst du? Ich wusste es. Sogar Leute am oberen Ende der Nahrungskette lernen es irgendwann."

„Ja, ja. Mach schon."

„Mit einer Demonstration wird es viel einfacher. Betrachtet mich als euren Live-Action-Ausgangspunkt für das, womit wir uns hier beschäftigen, und Jace wird danach die Lücken füllen." Er knöpfte sein Hemd auf, ließ es von den Schultern gleiten und hängte es über die Rückenlehne des Sofas.

Als er dann seine Hose aufknöpfte und sie fallen ließ, beschloss Cassidy, dass sie ihn nicht aufhalten würde. Was war schon ein weiterer nackter Mann in ihrem Haus? Obwohl diesmal im Wohnzimmer statt in der Küche.

Stephanie lehnte sich auf dem Sofa zurück und spähte hinter die Rückenlehne. „Soll ich Musik einschalten? Um für Stimmung zu sorgen?"

Inzwischen war Blue nackt. „Nein. Das dauert nur eine Minute."

Zu schade, dass Cassidy es nicht auf einen Zuckerrausch schieben konnte. Doch es war keine Halluzination. Im einen Moment stand Blue da, ein Prachtexemplar von Männlichkeit, und in der nächsten kam ein großer Wolf um die Ecke des Sofas und setzte sich neben den Sofatisch. Den Kopf zur Seite geneigt, mit demselben großspurigen Gesichtsausdruck, den Blue Sekunden vorher im Gesicht gehabt hatte.

„Oh. Okay." Cassidy kniff sich ins Handgelenk und sah dann zu Jace im Sessel neben sich. Sie war nicht vollkommen planlos, aber als sie sah, wie jemand Neues diese haarsträubende Nummer durchzog, schoss ihr Adrenalin durch die Adern. „Du kannst pelzig werden."

Stephanie blieb der Mund offen stehen. „Im Ernst? Okay, lass mich eins und eins zusammenzählen. Wenn ihr Cousins seid und die Timberwolf Lodge eurer Tante gehörte, dann ist dieser Ort sozusagen euer ‚Familien'-Zuhause."

Sie malte Anführungszeichen um das Wort Familie in die Luft.

Blue hechelte und lächelte Jace direkt an.

„Ich hasse dich", sagte Jace zu ihm. „Mit dir kann man unmöglich leben."

Der Wolf winselte und grinste noch breiter.

Jace wandte sich Cassidy zu. „Nicht die Reaktion, die ich erwartet hatte. Du weißt über Wandler Bescheid?"

Jetzt verstand sie seine „es ist kompliziert"-Bemerkung besser. „Ja, aber eher im rhetorischen Sinne. Kopfwissen bedeutet nicht, dass ich weiß, wie das alles funktioniert. Ihr müsst noch einiges erklären, besonders, wenn es um dich und deinen Cousin Del geht und was auch immer für große, gruselige Dinge über all unseren Köpfen zu hängen scheinen."

Blue sprang auf das Sofa, bevor er seinen Kopf auf seine Pfoten legte und Stephanie anhimmelte.

„Darf ich ihn anfassen?", fragte Stephanie leise. „Unsinn. Vergiss, dass ich so was gefragt habe, denn das war total unhöflich. Du bist immer noch du, auch wenn du jetzt unglaublich süß bist. Blue? Darf ich dich anfassen?"

Blue kroch auf dem Sofa auf sie zu, bis sein Kinn auf ihrem Oberschenkel ruhte. Eine klare Einladung.

Während Stephanie eine Hand senkte und langsam Blues Ohr streichelte, ging Cassidy eine wichtige Frage durch den Kopf. Sie drehte sich zu Jace um. „Du kannst das auch?"

„Mich in einen Wolf verwandeln? Seit ich ungefähr vier Monate alt war."

Das hatte sie aufgrund der bisherigen Informationen schon vermutet.

Was die Tatsache, dass sie schon vorgehabt hatte, ihn zu küssen und intimere Dinge zu tun, in eine ganz andere Kategorie von „darüber muss ich nachdenken" verschob.

Vorerst nickte sie nur. Obwohl sie ihn wirklich bitten wollte, es ihr zu zeigen. „Diese Liste mit Dingen, die wir für die Lodge erledigen wollten. Muss irgendwas davon angepasst werden, um diese Informationen, dass ihr Furries seid, zu berücksichtigen?"

Er und Blue schnitten beide Grimassen. „Einige, aber zu eurer Information, uns wäre es lieber, wenn ihr uns Wandler und nicht Furries nennen könntet. Das ist was ganz anderes. Wollt ihr jetzt über alles reden oder euch erst einmal einrichten? Denn der Nachmittag wird schnell vorbei sein, und im Moment habt ihr noch keinen Platz zum Schlafen."

Es war kein schlechter Vorschlag. „Wenn ich noch viel länger hier sitze, schlafe ich ein. Und du hast recht. Es gibt viel zu tun, um diese Lodge bewohnbar zu machen, selbst wenn es erstmal nur für uns ist." Sie hob einen Finger in Richtung Jace. „Aber dieses Gespräch ist noch nicht vorbei."

„Auf keinen Fall", nickte er. Als sein Blick über sie glitt, war da die gleiche Hitze wie zuvor. „Lass uns anfangen, diese Lodge zu einem Zuhause zu machen."

Sie war sich nicht sicher, warum diese Worte sie vor Vorfreude erschauern ließen.

7

Es war eine angenehme Überraschung, Cassidy und Stephanie nicht stundenlang beruhigen oder sie hinter verschlossenen Türen zur Vernunft bringen zu müssen.

Blue, der unaufhörlich damit prahlte? Weniger schön.

„Ich schwöre, wenn du mich noch einmal so angrinst, reiße ich dir den Schwanz ab und stopfe ihn dir in den Hals", warnte Jace.

Blue schnalzte mit der Zunge. „Okay, gut." Er riss die Augen auf und biss die Zähne schief zusammen. „So besser?"

Jace schlug ihn. Es war vollkommen gerechtfertigt. Die Tatsache, dass Jace einen Nachttisch in Händen hielt, dessen Gewicht Blue in die Seite traf und ihn der Länge nach zu Boden schickte, war vielleicht ein bisschen unhöflich, aber trotzdem ...

Weitgehend gerechtfertigt, dachte Jace.

Blue rappelte sich auf und lachte immer noch. „Okay, ich höre jetzt auf, aber im Ernst, Cousin. Dein Gesicht, als die beiden beim Anblick meiner pelzigen Pracht in Furry-

Gestalt kaum mit der Wimper gezuckt haben, war zum Totlachen."

„Das kann ich mir vorstellen. Aber jetzt müssen wir uns darauf einigen, das Wort Furries aus unserem Vokabular zu streichen, denn das ist nichts, was wir zum Kanon machen wollen, wenn wir über uns, unser Rudel oder Werwölfe im Allgemeinen sprechen, okay?"

Sein Cousin hob die Bettwäsche auf, die zu Boden gefallen war, als er den Halt verloren hatte. „Gut. Also, wann wirst du ihnen den Rest erzählen? Einschließlich des Teils darüber, dass du und Cassidy – du weißt schon – Gefährten seid."

„Ich werde natürlich improvisieren." Jace stellte den Tisch neben die Matratze, die sie aus dem Lagerschuppen geholt hatten. „Was wirst du Stephanie erzählen?"

„Nichts."

Jace starrte ihn finster an. „Blue. Du denkst doch nicht daran, deiner Gefährtin etwas zu verheimlichen, oder?"

„Nein, nicht wirklich." Blue überlegte. „Da läuft immer noch was, das ich nicht ganz verstehe. Ich meine, ich bin sicher, dass wir Gefährten *werden*, aber wir sind es noch nicht, und es muss noch was anderes passieren, bevor wir Gefährten werden können. Und das ist okay für mich."

Okay? Jace' Innerstes zitterte, weil er Cassidy so sehr wollte, und Blue erklärte ihm so ganz nebenbei, dass er nicht vorhatte, den nächsten Schritt zu machen?

Omegawölfe waren so seltsam.

„Du weißt schon, dass du nicht ganz richtig bist." Jace schüttelte den Kopf. „Ich meine, ich weiß, dass du für deine Verhältnisse richtig bist, aber, verdammt ..."

„Ich weiß, ich weiß. Wir können nicht alle Einhörner sein."

Sie starrten einander einen Moment lang über die

Matratze hinweg an. Familie, aber auch schon seit Ewigkeiten Freunde. Es hatte nie eine Zeit gegeben, in der Jace Blue nicht vertraut hatte. Sein Cousin hatte immer irgendwie im Mittelpunkt gestanden, wenn es darum ging, alles in Ordnung zu bringen, und obwohl über beiden ein ziemlich großes Damoklesschwert hing, gab es keinen Grund, ihm jetzt plötzlich nicht mehr zu vertrauen.

„Ein Schritt nach dem anderen", sagte Jace entschlossen. „Ich habe vielleicht keine geheimnisvollen Woowoo-Kräfte, aber so viel fühlt sich richtig an. Ich werde jede Frage beantworten, die Cassidy stellt, aber ich werde nichts überstürzen und sie überwältigen, indem ich sie mit Informationen erdrücke. Priorität ist, einen Weg zu finden, die Timberwolf Lodge wieder zum Laufen zu bringen."

„Das heißt, jetzt, da wir wissen, dass sie über Wandler Bescheid wissen, können wir einige der alten Stammsommergäste anrufen." Blue sah nachdenklich aus. „Obwohl wir beide wissen, dass die Renovierung der Lodge und die alten Verträge neu auszuhandeln nur kleine Aspekte des eigentlichen Problems sind."

Nämlich der Tatsache, dass Del inzwischen gehört haben dürfte, dass Jace wieder in der Stadt war. „Ich denke immer noch darüber nach, wie ich am besten damit umgehen soll", gestand er.

Blue folgte ihm in den Flur und die Treppe hinunter. „Ich nehme an, das bedeutet, dass du nicht am Status quo festhalten willst?"

Jace blieb in der Küche stehen. Die Aussicht aus dem Fenster, vor dem Cassidy und Steph rund um die Feuerstelle aufräumten, war eine süße Mischung aus Erinnerungen und Hoffnung für die Zukunft. „Ich kann nicht. Wenn das nur ein kurzer Besuch gewesen wäre, hätte ich den Ball flachgehalten oder wäre vielleicht sogar zu

Kreuze gekrochen, um den Frieden zu wahren. Aber sie verändert alles."

Eine Hand landete sanft auf seiner Schulter. Blue nickte verständnisvoll, sein weiser und sanfter Gesichtsausdruck passte überhaupt nicht zu seiner grellbunten Kleidung. „Gefährten *sollen* alles verändern. Und obwohl ich nicht versprechen kann, dass alles eitel Sonnenschein sein wird, kann ich sagen, dass ich ein gutes Gefühl habe, was die kommenden Veränderungen angeht."

„Verdammt, ich hatte gehofft, du hättest eine Vision gehabt, in der Del auf mich zukommt, mir die Hand schüttelt und alles seinen Platz findet."

„Wäre das nicht nett?", seufzte Blue. „Ich hoffe, dass keinem von euch beiden am Ende irgendwelche Körperteile fehlen."

Jace stimmte ihm voll und ganz zu, doch es änderte nichts an der Wahrheit. „Ich werde tun, was ich tun muss. Du weißt, dass ich nicht gegen Del kämpfen will, aber wenn es sein muss, habe ich keine andere Wahl."

Sein Cousin drehte sich zu ihm um, und Blues Gesichtsausdruck war amüsiert. „Ich habe es gehasst, als du gegangen bist. Ich habe es noch mehr gehasst, dass du und Del euch fast gegenseitig die Gurgel rausgerissen hättet, also war deine Entscheidung zu gehen richtig." Blue deutete auf die Frauen, die jetzt lachten. Stephanie trug eine Krone, die sie aus bunten Wiesenblumen geflochten hatte. „Aber jetzt haben sich dank unserer Tante die Spieler geändert. Sieh dir die Ladys an. Also, ja, was auch immer es kostet, ich bin dein Mann."

Blue streckte eine Hand aus, und Jace ergriff sie. Diese Verbindung zwischen ihnen loderte hell auf – Familie und Freundschaft und etwas Instinktives, tief auf Ebene ihrer

Wölfe, das den Boden unter seinen Füßen ein wenig stabiler erscheinen ließ.

Jace hatte immer noch keine Ahnung, wie der Zeitplan aussehen würde oder wie sie am besten vorgehen sollten. Er musste seinen eigenen Anweisungen folgen.

Ein Schritt nach dem anderen.

Vor dem Fenster versuchte Cassidy, eine große Vogeltränke zu bewegen. Jace eilte zur Tür, bereit und willig, alles zu tun, was seine Gefährte brauchte. Schweres Heben, Fragen beantworten.

Hoffentlich Küssen. Und mehr.

In ihm streckte sich sein Wolf und spitzte die Ohren.

Und ja, irgendwann bald würde er Cassidy seiner anderen Hälfte vorstellen müssen.

Der Rest des Tages verging wie im Flug.

Sie konzentrierten sich darauf, zwei der Zimmer mit ensuite-Badezimmern einzurichten, eines für Cassidy und eines für Stephanie. Sie fingen auch an, das Wohnzimmer zu organisieren und zu putzen und die Küche in einen funktionsfähigen Zustand zu bringen.

Oder, wie Stephanie es ausdrückte, alles zu entmarvinisieren.

Irgendwie verschwand Blue mitten in der Arbeit nicht nur in den Laden, sondern besorgte auch alles für ein kleines Abendessen. Was mehr als genug war, wenn man bedachte, wie viel sie zu Mittag gegessen hatten.

Einige Möbel im Haus waren zumindest vorübergehend nutzbar. Einige mussten nur ordentlich geschrubbt werden. Dank zweier Schlafzimmer, in denen sich Möbel stapelten, und den Einrichtungsgegenständen in einem Lagerschuppen draußen konnte Cassidy sich schon gut vorstellen, wie die Lodge am Ende aussehen könnte.

Aber allein der Gedanke an die schiere Menge an Arbeit, die nötig sein würde, um auch nur annähernd bereit zu sein, war erschöpfend. Cassidy hatte Erfahrung im Hotel- und Resortmanagement, aber von Grund auf neu anzufangen war etwas anderes. Sie musste ihren Plan erweitern und viele weitere Details einarbeiten, vor allem, nachdem sie den Rest der Informationen von den Jungs bekommen hatte.

Es war kaum neun, als Stephanie in einen Stuhl neben der Feuerstelle fiel und den Handrücken theatralisch an ihre Stirn hob. „Ich bin sowas von erledigt."

Blue ließ sich neben ihr nieder und bot ihr eine Wasserflasche an, an der Kondenswasser glänzte. „Trink aus. Wenn du deine Gesundheit nicht hast, hast du nichts."

Stephanie streckte ihren Arm in die Luft, die Finger geöffnet, die Augen geschlossen, im Vertrauen darauf, dass Blue sich bewegen und ihr entgegenkommen würde. „Ich bin fast zu müde, um das Zitat aus ,Die Braut des Prinzen' zu würdigen. Aber nur fast. Das war gut."

„Ich möchte, dass du zufrieden bist."

Cassidy lehnte sich in ihrem Stuhl zurück und starrte in den noch immer blauen Himmel. „So viele Stunden Tageslicht sind ziemlich cool, aber ich kann mir vorstellen, dass es verlockend ist, länger zu arbeiten, als es vernünftig wäre."

„Ihr habt reichlich gearbeitet für einen Tag", sagte Jace, während er sich um das Feuer kümmerte, über dessen Holz Flammen knisterten.

„Wir haben in weniger als zwölf Stunden die Arbeit von fünf Tagen geleistet", korrigierte Stephanie. Sie hatte schon die Wasserflasche geleert und stand jetzt stöhnend da. „Jede Party braucht eine Spaßbremse, und heute Abend bin ich das. Ich bin die letzten vier Tag am meisten gefahren und bin jetzt total erledigt. Ich werde mich in der frisch geschrubbten Badewanne einweichen und dann in mein Bett mit den frisch gewaschenen Laken kriechen, und wenn ihr mich vor dem Mittag seht, bin ich es nicht wirklich. Es ist mein Geist, der nach Kaffee sucht."

Blue sprang auf. „Ich begleite dich zum Haus."

Stephanie musterte ihn. „Weil es so weit weg ist." Sie blickte zur Tür, die weniger als sechs Meter entfernt war, zurück zum Feuer, dann wieder zur Tür. „Wie soll ich den Weg ohne deine Hilfe finden?"

„Ich weiß, wo ein versteckter Schokoladenvorrat ist." Blue stand stocksteif da, als Stephanie ihn fast ansprang. „Ich interpretiere das als ein Ja. Gute Nacht, Cassidy. Nacht, Jace. Ich fahre zu mir nach Hause und packe ein paar Sachen. Wir sehen uns morgen früh."

Ihre beste Freundin und Jace' Cousin verschwanden im Haus. Kurz darauf tauchte Blue wieder auf, winkte zum Abschied und ging die Straße hinauf. Die Hände in den Taschen, fröhlich pfeifend, als er im Wald verschwand.

„Hm."

Jace zog einen der Stühle näher an das Feuer, bevor er sich umdrehte, um Cassidy anzusehen. „Was ist?"

„Nur ein bisschen verwirrt", gestand Cassidy. „Ich hätte schwören können, dass Blue mit Stephanie geflirtet hat, was sehr interessant zu beobachten wäre, wenn man bedenkt ... na ja, wenn man *Stephanie* bedenkt. Aber er ist wirklich reingegangen, hat ihr gezeigt, wo die Schokolade versteckt ist, und ist dann gegangen."

„Er ist ein komplizierter Mann, unser Blue." Jace nahm sie an den Knöcheln und hob ihre Füße auf seinen Schoß.

Nachdem er ihre Schnürsenkel entknotet hatte, zog er ihr die Schuhe aus.

„Was machst du? Oh. Mein. Gott." Cassidy schmolz fast in ihrem Stuhl dahin, weil er seinen Daumen über ihre Fußsohle gezogen hatte und alle Nervenenden aufwachten und begeistert jubelten.

„Es war ein langer Tag. Und du willst keine Schokolade." Jace sagte es leise, das sexy tiefe Grollen in seiner Stimme ließ auch andere Teile ihres Körpers erwachen und jubeln.

„Schokolade habe ich schon gegessen. Das hier ist besser."

Sie hörte sich beschwipst an, aber wen kümmerte das? Solange er so weitermachte. Oder vielleicht sollte er das, was er tat, nicht nur mit ihren Füßen tun –

Schlechte Gedanken. Schlechte Gedanken, wenn man bedachte, dass sie den Mann gerade erst kennengelernt hatte und er in alles verstrickt war, womit sie sich in den kommenden Tagen befassen musste. Aber selbst die Vorstellung, dass seine Hände noch andere Stellen berühren könnten, machte sie an.

Er lachte leise. „Du hast gerade ein paar interessante Grimassen geschnitten. Was geht in deinem Kopf vor?"

„Viel zu viel und nichts davon logisch", schnaubte sie.

„Warum muss es logisch sein?"

Gute Frage, wenn man bedachte, dass sie mit einem Mann sprach, der sich in einen Wolf verwandeln konnte. „Erzähl mir mehr über die Sache mit dem Wolf."

Gott sei Dank konnte er mehrere Dinge gleichzeitig tun. Seine Hände hörten nicht auf, sich zu bewegen. „Was meinst du? Es ist ein ziemlich breites Thema."

„Wie nennt ihr euch? Gibt es viele von eurer Art hier in Alberta? Ich nehme an, ihr lebt lieber auf dem Land, aber ich weiß, dass einige von euch in der Stadt leben müssen."

Er drückte besonders fest und unterbrach ihre Fragen, weil sie zu sehr damit beschäftigt war zu stöhnen, um zu sprechen. „Bevor ich eine Abhandlung schreiben muss, lass mich das aus dem Weg räumen. Wir sagen *Wölfe*, manchmal *Werwölfe*. Wandler funktioniert definitiv, weil man dann eine Bezeichnung für den Typ hinzufügen kann. Wolfwandler, Katzenwandler, Puma, Adler."

„Ah. Alles Raubtiere."

Jace hielt inne. „Nicht wirklich. Nichts, was sich nicht behaupten könnte. Wenn du also nach Hamsterwandlern suchst, wirst du keine finden. Und ich habe beim besten Willen noch immer nicht die Physik der Adler und Falken mit ihrem Gewichts-Masse-Verhältnis verstanden. Ich würde sagen, jeder Vogelwandler, den ich je getroffen habe, war in seiner Tierform verdammt groß und in seiner menschlichen Form eher klein, aber muskulös, wie wandelnde Ziegelwände."

So viele Fragen – sie hatte nicht einmal über den Größenunterschied zwischen den Gestalten nachgedacht.

„Woher weißt du über Wandler Bescheid?", fragte Jace.

Er drückte ihre Zehen, und es fühlte sich richtig gut und fast kitzelig an, was dazu führte, dass sie lächelte, als sie antwortete: „Ich habe jemanden wandeln sehen. Es war unerwartet, aber in einer Situation und Umgebung, in der ich auf keinen Fall ausflippen konnte, also habe ich es nicht getan. Aber die Person wusste auch nicht wie oder warum, also wissen Stephanie und ich seit Jahren, dass es möglich ist, aber mehr nicht."

Und das war alles, was sie sagen wollte, zumindest für den Moment.

Er runzelte die Stirn. „Du verschweigst mir was."

„Ist das nicht ein wunderbares Gefühl?", neckte sie ihn, bevor sie sich nach vorn beugte und ihre Hand auf seine legte. „Tut mir leid. Ich bin nicht geheimnisvoll, um zu nerven. Es ist nicht an mir, das Geheimnis auszuplaudern, aber ich verspreche, sobald wie möglich um Erlaubnis zu bitten, mit dir darüber zu reden."

„Okay."

Er legte ihre Füße vorsichtig auf seinem Schoß ab, bevor er sich zurücklehnte und seine Hände auf ihren Fußrücken ruhten. Neben ihnen knisterte das Feuer. Dazu kamen die Geräusche der Tiere im Wald und der Wind, der die Blätter in den Bäumen rauschen ließ, und es war wie der Soundtrack eines Wildnisfilms.

So viele Fragen, aber bei ihr war die Luft raus. Sie begegnete seinem Blick – diesen wunderschönen, hypnotisierenden tiefblauen Augen, die direkt in ihre Seele zu blicken schienen. „Ich werde den Rest der Fragen aufschieben, außer dieser einen. Machst du irgendwas, das diese Gefühle in mir hervorruft?"

Sein Blick wurde heißer. Schwere Lider. „Wie fühlst du dich?"

Sie sagte die Wahrheit. „Als ob ich dich schon ewig kennen würde. Als ob ich jedes Detail, das ich nicht über dich weiß, unbedingt erfahren will." Sie ließ ihren Blick über ihn schweifen. „Als ob ich dich ins Bett zerren und eine Woche lang nicht wieder aufstehen möchte."

Jace schluckte schwer. Er holte tief Luft, seine Nasenflügel bebten, und er schloss kurz die Augen, bevor er sie wieder ansah. „Ich schwöre feierlich, dass ich nichts Böses tue. Aber diese Verbindung zwischen uns? Sie ist wegen der Sache mit dem Wolf und sie ist echt. Alles, was du gesagt hast, dass du spürst, spüre ich auch."

Na dann. „Okay. Gut zu wissen."

Sie saßen einen Moment schweigend da, und dann stand Jace auf. Bevor sie irgendetwas tun konnte, zog er sie in seine Arme.

„Whoa, Wolfmann", begann Cassidy.

„Keine Sorge. Du bist erschöpft. Ich habe nur keine Lust, dir deine Schuhe wieder anzuziehen." Er trug sie in die Küche, als würde sie nichts wiegen, bevor er sie vorsichtig auf den Boden stellte und sich dann einen Schritt zurückzog. „Blue wird morgen früh zurück sein. Ich werde mich in einer der Hütten einrichten, also werde ich auch hier sein. Alle anderen Fragen können warten."

Cassidy stand barfuß da, als der Wolfswandler, auf den sie scharf war, höflich nickte und zur Tür hinausging.

Es war genau das, worum sie gebetet hatte, und genau das, was passieren musste. Trotzdem stieg Enttäuschung in ihr auf, und das sagte ihr mehr über diesen wilden, chaotischen, unglaublichen Tag als alles andere.

8

———

Jace schaffte es bis zur ersten Hütte, bevor Frustration und Hunger die Kontrolle übernahmen. Er schaffte es kaum, sich auszuziehen, bevor das Wandeln begann. Seine Wirbelsäule richtete sich neu aus, und die Farben passten sich an, als er sich mit der Leichtigkeit und Freude von über dreißig Jahren Erfahrung vom Menschen zum Wolf verwandelte.

Unter seinen Pfoten bebte die Erde.

Oder vielleicht reagierte er immer noch auf das unerhörte Verlangen, das in ihm aufwallte. Das Verlangen nach seiner Gefährtin drohte, alle vernünftigen menschlichen Pläne über den Haufen zu werfen, und obwohl er kein Problem damit hatte, manchmal einfach zu improvisieren –

Er rannte los. Sein Körper wurde bei jedem Schritt länger, und er stieß sich mit seinen Hinterläufen kräftig vom Boden ab, um sich mit Höchstgeschwindigkeit vorwärtszubewegen. Er schoss zwischen den Bäumen hindurch, mit einer scheinbaren Sorglosigkeit, die vollkommenes Vertrauen in seinen Wolf verriet.

Sein Körper flog, seine Muskeln spannten sich an, seine Gedanken ließen alles Analytische zurück und wurden animalischer. Er begrüßte die Verbindung mit dem kühlen Boden unter seinen Füßen und dem Kuss der Natur auf seinem Fell. Der Geruch von Tieren im Wald, das Aroma von Grillfleisch von einem benachbarten Grundstück.

Und sie. Immer sie, verdammt. Cassidy war schon in ihm, und er war begeistert und doch innerlich so verdammt verstrickt.

Eine Gefährtin. Er hatte eine verdammte *Gefährtin*.

Blue hatte es vorhin gesagt – eine Gefährtin zu haben veränderte alles. Jace war vielleicht widerstrebend zur Timberwolf Lodge zurückgekehrt, aber verdammt, wenn er jetzt nicht bleiben wollte.

Bleiben bedeutete, seinen Cousin Del herauszufordern. Anstatt Konflikten aus dem Weg zu gehen, woran er im Laufe der Jahre so hart gearbeitet hatte, bereitete sich Jace darauf vor, alles zu tun, was nötig war. Alles. Einschließlich eines aggressiven und möglicherweise tödlichen Führungswechsels.

Das alles würde nicht ohne Blutvergießen vonstattengehen. Der Gedanke war weit weniger frustrierend, wenn er als Wolf darüber nachdachte.

Der Stärkste führt das Rudel. Ich bin der Stärkste – also sollte ich es führen.

Der Gedanke war ganz Wolf, doch seine menschliche Seite musste zustimmen.

Jace lief langsamer. Die Gewissheit des Problems und der Lösung hätte sich mit blendenden Lichtern und dem Halleluja-Chor im Hintergrund größer anfühlen müssen.

Stattdessen brachte ihm die Erkenntnis einen stillen inneren Frieden.

Selbst das Wissen, dass Del die Konfrontation vielleicht nicht überleben würde, konnte Jace und seinen Wolf nicht die Zufriedenheit nehmen.

Er lief immer größere Kreise um die Timberwolf Lodge. Überprüfte die Reviermarkierungen, fügte ein paar eigene hinzu. Begann, einen Anspruch auf das Land zu erheben, wie es seine Tante gewollt hatte.

Es war fast Mitternacht, als er ein letztes Mal an der Lodge vorbeiging, nah genug, um eine Bewegung auf der Veranda zu bemerken.

Ihr Geruch hatte seine Sinne den ganzen Abend erfüllt, aber jetzt war sie direkt da. Aus dem Schatten der wackeligen Veranda beobachtete Cassidy ihn ohne eine Spur von Angst in ihren grünen Augen.

Er hätte gehen sollen. Er hätte seinem Entschluss folgen sollen, ihr den Raum und die Zeit zu geben, die sie brauchte, um zu begreifen, wie sehr sich ihre Welt verändert hatte.

Sie hatte keine wirkliche Ahnung. Noch nicht. Nicht, bis sie ihre Diskussion am Morgen und an allen Morgen, die kommen würden, fortsetzten.

Scheiß drauf. Gute Absichten bedeuteten, das Richtige für sie und ihn zu tun, und im Moment bedeutete das, zu den Stufen der Veranda zu gehen und sie hinaufzuspringen, um vor ihr stehenzubleiben.

Die Wände hinter ihr mussten dringend abgeschmirgelt und gebeizt werden. Die Dielen unter ihren Füßen knarrten so sehr, dass er sie am Nachmittag persönlich überprüft hatte, um sicherzustellen, dass nicht das ganze Gebäude um sie herum einstürzen würde.

Cassidy trug Boxershorts und ein enges Tanktop, zierlich und doch absolut perfekt.

Ein kompletter und absoluter Kontrast. Die Lodge, seine Vergangenheit. Sie, seine Zukunft.

Sie ging in die Hocke, den Kopf zur Seite geneigt. Ihr Gesichtsausdruck weckte in ihm den Wunsch, etwas Wildes und Unerhörtes zu tun.

„Ich lehne mich hier weit aus dem Fenster, aber ich bin ziemlich sicher, dass du Jace bist", sagte sie leise. „Nicht wahr?"

Es war in jeder Hinsicht falsch, aber unmöglich zu stoppen. Er beugte sich weit genug vor, um sie vom Kinn bis zum Haaransatz zu lecken, bevor sie mit einem Schnauben zurückwich.

„Alter. Ich muss es sagen. Egal, wie sehr ich vorhin daran gedacht habe, dich zu küssen, deine Zunge kommt nicht in meinen Mund, wenn du im Pelz bist."

Jace ging um sie herum, streifte sie und inhalierte ihren Duft. Als er sich ihr zuwandte, legte Cassidy ihre Hände um seine Schultern und streichelte ihn.

Er war kein Dummkopf. Er setzte sich hin und ließ sich von ihr streicheln.

Und, o Gott, er wollte nicht daran denken, dass sie genau wusste, was sie tun musste, aber sie streichelte ihn nicht nur auf die richtige Weise. Sie grub ihre Finger in die juckende Stelle hinter einem Ohr, was ihn fast dazu brachte, sich auf den Rücken zu werfen und ihr den Bauch zu zeigen.

„Dein Fell ist weich. Aber ich spüre, wie muskulös du bist." Cassidy beugte sich wieder vor und sah ihm in die Augen. „Ich weiß, das ist alles normal und typisch für dich, aber es ist wirklich überwältigend, wenn ich daran denke, dass du da drin bist."

Sie gähnte. Ein riesiges, gewaltiges Gähnen, und obwohl sie schnell die Hand vor den Mund hielt, war es zu spät.

Jace gähnte zurück. Er schüttelte den Kopf, als er fertig war.

Cassidy lachte leise. „Also. Gähnen ist sogar zwischen Menschen und Wölfen ansteckend." Sie nickte in Richtung Tür. „Ich gehe wieder ins Bett. Ich habe aus dem Fenster geschaut und mich gefragt, ob du irgendwann zur Lodge zurückkommst und endlich schlafen gehst."

Sie stand auf, und er streifte ihre Schienbeine.

Cassidy schien nachzudenken und öffnete dann die Tür. „Wenn du reinkommen willst, habe ich nichts dagegen."

Wirklich schlechte Idee.

Jace' Wolf hatte ihn durch die Tür gebracht und die Treppe hinauf, bevor er zur Besinnung kommen konnte. Es würde ihn nur noch wilder machen, in ihrer Nähe zu sein, ohne mit ihr zusammen zu sein. Andererseits war das in gewisser Weise die beste aller schlechten Entscheidungen.

Vielleicht konnte sein Mensch sie noch nicht haben, aber sein Wolf könnte durchaus an der Seite seiner Gefährtin schlafen.

IHRE HERZFREQUENZ HATTE sich noch nicht beruhigt.

Meine Güte, was hatte sie sich nur dabei gedacht? Es war eine Sache zu wissen, dass Blue sich vor ihnen in einen Wolf verwandelt hatte, aber es gab keine Garantie dafür, dass der Wolf, der mitten in der Nacht an der Timberwolf Lodge vorbeiwanderte, zufällig der Wandler war, den sie wirklich sehen wollte.

Und dann hatte sie ihr Gesicht so nah an diese messerscharfen Zähne gebracht –

Und doch hatte alles einen Sinn ergeben. Die Treppe hinunter auf die Veranda zu gehen. Sie hatte ihn nur angesehen und es gewusst.

Sie hatte gewusst, dass es Jace war. Tief in ihrem Innersten.

Als sie dem Wolf, der Jace war, nun die Treppe hinauf und in ihr Schlafzimmer folgte, musste sie grinsen. Das war viel besser als jede Goldlöckchen-Geschichte oder jede Version von „Rotkäppchen". Es war fantastisch, dieses Fantasiereich, in dem der Mann, den sie wirklich gern bespringen wollte, in seiner Wolfsgestalt auftauchte und dann auf ihr Bett sprang.

Sie blieb neben der Matratze stehen. Die Laken waren noch zurückgeschlagen, seit sie zum Fenster und dann nach draußen geeilt war. Sie sollte hineinkriechen, aber sie zögerte.

„Und jetzt fühle ich mich komisch. Willst du unter der Decke schlafen? Denn ich weiß nicht, wie ich mich dabei fühle, zumindest nicht in deiner pelzigen Gestalt. Und ich habe dich beobachtet und mich plötzlich gefragt, ob du dich dreimal im Kreis drehen würdest, bevor du dich hinlegst."

Jace sprang vom Bett, und einen schrecklichen Moment lang dachte sie, sie hätte ihn so sehr beleidigt, dass er gehen würde.

Stattdessen stieß er sie so heftig an, dass sie auf die Matratze fiel. Sie rollte seitwärts, und als sie sich wieder aufgerichtet hatte, war er mit einem wölfischen Grinsen neben sie gesprungen.

Er stieß sie erneut und drängte sie sanft zu dem Kissen, das sie zuvor benutzt hatte.

„Du bist ziemlich herrisch für jemanden, der nicht

sprechen kann." Cassidy machte es sich bequem, während ihre Gedanken weiter rasten. „Aber du kannst. Sprechen, meine ich. Wolfsheulen, nehme ich an, und Winseln und Wuffen. Ich wollte schon immer wissen, was das Winseln bedeutet. Ihr müsst mehr Möglichkeiten haben, um zu kommunizieren. O mein Gott, ich habe so viele Fragen."

Der Wolf – Jace – verdrehte die Augen und ließ sich dann neben ihr nieder, dann legte er sein Kinn auf ihren Oberschenkel.

„Ich weiß. Ich weiß, Fragen morgen." Sie legte eine Hand auf seinen Kopf, bevor sie ihn sanft streichelte. Er schloss die Augen und tief in ihm war ein leises, zufriedenes Grollen zu hören. Wie ein Generator im Standby-Modus oder eine wirklich zufrieden schnurrende Katze.

Sie verkniff sich ein Kichern. Wahrscheinlich würde es ihm nicht gefallen, wenn sie ihn mit einer Katze verglich.

Stattdessen beschloss sie, dass dies eine großartige Gelegenheit war, ihm etwas zu sagen, da er sie nicht unterbrechen konnte. Er hatte ja keine menschlichen Stimmbänder und so.

Es würde einfacher sein, die Worte herauszubringen, während sie ihn streichelte.

„Diese Lodge ist mir wirklich wichtig. Stephanie auch. Und ihrer Schwester und den Kindern – Gott, dieser Ort wird die Veränderung sein, die sie so dringend brauchen. Aber für mich fühlt es sich an, als wäre das mein Neuanfang und meine letzte Chance." Sie kraulte ihn mit dem Finger zwischen den Augen, als er sie direkt anstarrte. „Als ich die Timberwolf Lodge gewonnen habe, habe ich meinen Job gekündigt und dann ein oder zwei Brücken hinter mir abgebrochen. Ich habe im Hotelmanagement gearbeitet, aber die neuen Besitzer des Boutique-Hotels, das ich geleitet habe, waren schrecklich. Als ich wusste, dass ich einen Ausweg hatte, habe ich ihnen mehr als nur ein bisschen meine Meinung gesagt. Dann haben wir alles verkauft oder verschenkt, was nicht in den Minivan gepasst hat. Zurück nach Toronto zu gehen, ist keine Option."

Der Wolf hob die Schultern und seufzte. Seine Nase stupste gegen ihre Finger. Ein Moment des Mitgefühls. Ein Hauch von Sorge in seinen Augen.

„Ich bin entschlossen, das hinzukriegen. Ich glaube, ich erzähle dir das, weil, was auch immer zwischen uns vorgeht, es dem Erfolg von Timberwolf Lodge nicht im Wege stehen darf. Das heißt, wenn du es mir erklärst, sollst du wissen, dass ich trotz meiner Unkenntnis aller Fakten voll dabei bin. Ich kann ordentlich zupacken, wenn es sein muss." Sie lehnte sich zurück und starrte an die Decke. Verdammt sei ihre Ehrlichkeit. „Das Einzige, was ich nicht gut kann, ist, mich an die Regeln zu halten, wenn sich die Regeln nicht richtig anfühlen. Ich hoffe wirklich, dass wir die vielen Hürden, die wir überwinden müssen, um die Lodge zum Laufen zu bringen, gemeinsam meistern können."

Jace tätschelte mit dem Kopf ihre Hand. Als sie sich weit genug zusammenrollte, um ihm in die Augen zu sehen, senkte er sein Kinn. Einmal deutlich. Dann schloss er die Augen und schmiegte seinen Kopf an sie. Das Gespräch war offensichtlich beendet.

Sie starrte noch eine Weile an die Decke. Sie waren quer durchs Land gefahren. Bestätigte Wandler waren mehr als ein einmaliges Wunder. In ihrem Bett schlief ein Wolf. Ein Wandler, den sie davon überzeugen wollte, sich morgen wieder in einen Menschen zu verwandeln, damit sie ihn um den Verstand küssen konnte.

Das war ein schöner Gedanke, um damit einzuschlafen, entschied Cassidy.

In einem leeren Bett aufzuwachen ohne eine warme

Stelle, wo Jace zusammengerollt gelegen hatte, war nicht so schön.

Sie starrte aus dem Fenster und seufzte. „Gut. Neuer Tag, neues Abenteuer."

Cassidy zog sich an und spähte dann in das Zimmer, das Steph für sich ausgesucht hatte. Überall lag Kleidung herum, aber von ihrer Freundin war keine Spur.

Mehr Kleidungsstücke lagen verstreut im Flur und auf der Treppe wie eine Spur aus Brotkrumen.

Cassidy schüttelte den Kopf, während sie sich bückte und alles aufsammelte. „Stephanie. Du bist so eine faule Kuh. Zweimal zur Waschmaschine zu gehen, würde dich nicht umbringen."

Als Cassidy ins Erdgeschoss kam, war der Haufen in ihren Armen bis auf Augenhöhe hochgeklettert, und von ihrer Freundin war immer noch keine Spur.

„Ich werde dich nächste Woche meine Sachen schleppen lassen", drohte Cassidy. „Stephanie. Wo zum Teufel bist du? Beweg deinen Arsch hier rauf!"

Keine Antwort von Steph, doch ein lautes Klappern war an der Haustür zu hören. Cassidy knurrte frustriert, bevor sie die Last auf ihrem linken Arm balancierte, damit sie die Tür mit ihrem rechten aufreißen konnte.

Ein Elchhintern erschien; das Gewicht des Tieres ließ die riesige Tür gegen die Wand krachen, als das riesige Geschöpf in das große Foyer stolperte.

9

Cassidy schrie, während sie sich schnell in Sicherheit brachte. Die Wäsche flog zur Decke, bevor sie wie Regen auf den Elch fiel.

„Hast du gerufen?" Stephanie kam die Kellertreppe und stand dem Elch Auge in Auge gegenüber. Oder besser Auge zu Hinterteil. „Oh Mist."

Das Geschöpf rappelte sich wieder auf und stand nun in seiner gewaltigen Elchpracht an einem Ort, an den noch nie ein Elch gekommen war.

Oder zumindest hoffte Cassidy, dass Elche in der Lodge nicht alltäglich waren. Es war schon schlimm genug, dass sie nicht wusste, wie sie mit den Wölfen umgehen sollte, die, wie sie vermutete, in der Nähe der Timberwolf Lodge lebten, aber Elche?

Das riesige Tier stand reglos da, bis auf seinen Kopf, der von einer Seite zur anderen schwankte, während er sie und Stephanie musterte. Was nicht ganz so beängstigend war, wie es hätte sein sollen, wenn man bedachte, dass verschiedene Kleidungsstücke von Steph wie anzügliche Weihnachtsdekoration an seinem Geweih hingen.

Steph hob zitternd eine Hand, um die Kreatur abzuwehren – als ob das helfen würde. „Cass? Vorschläge?"

Cassidy sah sich nach der nächstbesten Waffe um. Wo war der Besen? „Ähm."

„Denk schneller."

„Mach' ich schon."

„Noch schneller."

„Tesserakt?"

Der Elch schnaubte. Ein lautes und unverkennbar belustigtes Geräusch, und Cassidy hielt inne.

Wo hatte sie genau dieses Geräusch in letzter Zeit gehört? Sie kniff die Augen zusammen und starrte das Tier misstrauisch an.

Als es seinen Kopf abrupt von ihr wegriss und an die Decke starrte wie ein unartiges Kind, das mit der Hand in der Keksdose erwischt wurde, wusste sie es.

Ohne Zweifel und ohne Angst trat sie auf ihn zu und steckte dem Elch ihren Finger ins Gesicht, bevor Stephs Unterwäsche aufgehört hatte zu schwingen. „Du steckst in Schwierigkeiten, Kumpel."

„Äh, Cass? Was machst du da?", fragte Steph leise. „Elch, groß. Wir, klein. Ganz dummer Schachzug, ein Wildtier zu provozieren."

„Er ist kein Wildtier", beharrte Cassidy und schien zu überlegen. „Okay, er ist irgendwie ein Wildtier, aber kein *wildes* Wildtier. Hey, Kumpel. Ich dachte, wir hätten eine Abmachung. Du sollst nicht auf meiner Veranda rumhängen."

Hinter ihr war ein tiefes, männliches Lachen zu hören. „Marvin. Kratzt du dir schon wieder das Hinterteil am Türrahmen?"

Cassidy wirbelte herum und ignorierte ihre beste Freundin und den Elch, der jetzt als ihr schmarotzender

Dauergast mit einem Hang zur Freikörperkultur bestätigt war.

Sie hatte erwartet, Jace zu sehen, aber was sie sah, war ein muskelbepackter GQ-Anwaltstyp. Militärisch kurz geschnittenes, dunkles Haar, gepflegter Bart und ein tadelloser Anzug, von dem sie wusste, dass er mehr kostete als ihr Auto. Dieselben nachtblauen Augen wie Jace, aber ihr Ausdruck war viel ernster und intensiver.

„Das ... du ... Marvin?", stammelte Stephanie im Hintergrund.

Cassidy drehte sich gerade rechtzeitig um, um zu sehen, wie Steph ein Höschen von Marvins rechtem Geweih pflückte.

Irgendwie schaffte es der Elch, ... verlegen auszusehen.

„Alles unter Kontrolle hier?" Wieder diese sexy tiefe Stimme.

Mist. Cassidy schüttelte den Kopf, während sie sich wieder umdrehte, um den Fremden in der Tür anzusehen. „Normalerweise bin ich besser auf Zack. Hallo. Willkommen in der Timberwolf Lodge. Kann ich Ihnen helfen?"

„Vielleicht."

Der Anwalt beobachtete mit hochgezogener Augenbraue, wie Stephanie ihre Kleider Stück für Stück von Marvins Geweih einsammelte und sie mit leisen Flüchen auf einen Haufen vor dessen Füße fallen ließ. Hufe. Egal.

Cassidys Leben war in letzter Zeit so seltsam.

„Wir haben noch nicht geöffnet", begann sie, aber er hob eine Hand, um sie davon abzuhalten.

„Ich weiß. Meine Tante hat mich vor ihrer Abreise über ihre Pläne informiert. Ich bin derjenige, der die Verträge für die Verlosung aufgesetzt hat. Wir haben uns online kennengelernt, als Sie sie unterschrieben haben. Delaney Vezina."

Sie schüttelte die Hand, die er ihr entgegenstreckte. „Freut mich, Sie persönlich kennenzulernen."

Er hielt ihre Finger einen Moment länger, als nötig war, und sein Blick wanderte auf eine abschätzende Art über sie, die nicht wirklich beleidigend war. Zu viel Anerkennung lag in seinen Augen.

Als er sie losließ, hellte sich sein Gesichtsausdruck ein wenig auf, und seine Lippen verzogen sich zu einem anerkennenden Lächeln. „Ich bin ein bisschen überrascht, dass Marvin Sie nicht mehr aus dem Konzept gebracht hat."

Stimme weich wie dekadente Schokolade. Meine Güte, Delaney war wirklich ein attraktiver Mann.

Moment – war er ein Mann? Oder mehr?

„Marvin in seiner anderen Gestalt war schlimmer", erklärte Stephanie. Sie legte ihre Hände auf das Hinterteil des Elchs und schob ihn zur Tür. „Hütte 7, Kumpel. Wenn ich deinen haarigen Arsch, Elch oder sonst was, nochmal vor unserer Tür sehe, rasiere ich dir das letzte Haar ab. Nein – ich werde dich wachsen. Brasilianisch. Überall."

Marvin drehte den Kopf seitwärts, um sein Geweih durch den Türrahmen zu fädeln, dann eilte er ohne ein Wort der Beschwerde aus der Tür. Grunzen. Egal.

Im letzten Moment schnappte Delaney das letzte Kleidungsstück von Marvins Geweih. „Um ehrlich zu sein, bin ich mehr als überrascht von *dieser* Wendung." Er trat auf Stephanie zu und hielt ihr den Spitzen-BH wie ein Juwel auf seiner Handfläche entgegen. „Und Sie sind?"

Seine Stimme war tiefer geworden. Noch tiefer und irgendwie noch sexyer, und Cassidy genoss es, auch wenn sie es nicht wollte. Verdammt, diese Wölfe – denn er musste einer sein – mussten einen Weg finden, dem Rest der männlichen Bevölkerung beizubringen, so sexy zu reden.

An Cassidys beste Freundin war der Sexappeal allerdings verschwendet. Sie nahm ihren BH von seiner Hand und sah ihn neugierig an. „Ich bin Stephanie. Einer der anderen Namen auf der Urkunde."

„Hmmm." Sein Blick verweilte länger auf Steph als auf Cassidy. Er holte tief, tief Luft und seine Augen weiteten sich. „Interessant. Sehr interessant."

Die Haustür flog wieder auf – sie würde die Wand dahinter verstärken müssen, wenn das so weiterging. „Meine Güte, Leute. Das ist eine Tür, kein Ziel für Lanzenstechen", knurrte Cassidy.

„Weg von ihnen!", befahl Jace, stürmte auf Delaney zu und blieb vor ihm stehen.

Was für ein verdammter Alptraum.

Jace hatte an diesem Morgen ein paar Minuten länger bei Blue verbracht als geplant, und jetzt war sein Cousin Del aus irgendeinem Grund allein mit den Ladys.

„Das ist nicht der richtige Ort dafür", begann Jace, aber Cassidy packte ihn am Arm und riss daran. Aggressiv.

Als er sich umdrehte, hätte ihr Blick Glas schneiden können. „Mein Haus. Willst du dich ein bisschen zusammennehmen und meinen Gast in Ruhe lassen?"

„Deinen Gast?" Jace wirbelte zu seinem Cousin herum. „Was machst du hier?"

„Es war zunächst ein Höflichkeitsbesuch." Dels Gesichtsausdruck wurde nachdenklicher, und sein Blick glitt auf eine Weise über die Frauen, die Jace bewusst provozierte. „Jetzt hätte ich gern eine Tasse Kaffee und ein langes, vertrauliches Gespräch."

„Keine Zeit für vertrauliche Gespräche", informierte Stephanie ihn. Sie hob den Haufen Kleider auf und wirbelte zur Kellertreppe. „Freut mich, Sie offiziell kennengelernt zu haben, Delaney. Wäschedienst ruft. Du bist der Hammer, Cass. Hab' dich lieb. Letzteres war für Cass bestimmt, nur damit das klar ist."

„Hab dich lieb, Steph. Bleib sauer."

„Immer."

Dann waren sie noch zu dritt – er, Cassidy ...

Und sein Cousin. Der nicht wie erwartet bei ihrem ersten Wiedersehen tobte oder Schaum vor dem Mund hatte. Wie wunderbar.

Wie seltsam.

Jace riskierte es, einen halben Schritt zurückzutreten. „Ich kann Kaffee machen", bot er Cassidy an. „Nein, weißt du was, lass mich dir Frühstück machen. Das ist das Mindeste, was ich tun kann, nachdem ich in deinem Bett geschlafen habe."

Da. Perfekt. Und um Del seinen Anspruch unmissverständlich klarzumachen, legte Jace einen Arm um Cassidys Taille und lächelte sie an.

Sie lächelte nicht zurück.

Stattdessen stieß sie ihre Finger so fest in seine Rippen, dass er losließ. Er schaffte es jedoch, keinen schmerzerfüllten Laut von sich zu geben. Manche Regeln mussten respektiert werden, und Schwäche vor seinem Cousin zu zeigen, war nicht drin.

„Sei nicht unhöflich. Und keine Annahmen." Cassidy sprach leise, aber mit Dels Wolfsgehör hätte sie genauso gut schreien können. „Du benimmst dich noch länger wie ein

Esel, und letzte Nacht und dein Wolf werden das *einzige* Mal sein, das du in meinem Bett warst."

Das Grinsen auf Dels Gesicht war unglaublich nervig.

Also gut. Zeit, sich zusammenzureißen. Wenn Del sich unerwartet verhalten konnte, konnte Jace das auch.

Er stand immer noch in Reichweite des Bastards. „Also. Vertrauliches Gespräch? Irgendein bestimmtes Thema?"

„Nicht mit dir", sagte Del geschmeidig und trat zurück, als würde er tanzen. Er spähte die Treppe hinunter, wo Stephanie verschwunden war, und konzentrierte sich dann wieder auf Cassidy. „Sie sind gestern angekommen. Kann ich Ihnen irgendwie helfen?"

„Im Moment nicht." Cassidy rümpfte auf bezaubernde Weise die Nase. „Ich glaube, Sie haben gerade das Kleingedruckte im Vertrag getroffen, das auf Hufen gegangen ist."

„Oh. Ja. Tut mir leid." Del hatte den Anstand, schuldbewusst auszusehen. Der Bastard schaffte es jedoch, es kultiviert aussehen zu lassen, und Jace wollte nichts mehr, als seinem Cousin die Faust in sein selbstgefälliges Gesicht zu rammen.

Cassidy musterte ihn eingehend und bemerkte Jace' Körperhaltung offensichtlich interessiert. Als sie jedoch eine Augenbraue hochzog, grinste Jace, als würden sie einen Sonntag im Park verbringen.

Erneut verdrehte sie die Augen. „Jedenfalls, um es einfacher zu machen. Ja, Steph und ich wissen, dass Sie pelzig sind."

„Wandler." Jace und Del sagten das Wort mit dem präzisen Timing von Synchronschwimmern bei einem nationalen Event.

Denn manche Dinge erforderten wirklich Einigkeit.

Cassidy stemmte die Hände in die Hüften, doch ihre

Lippen zuckten. „Gut. Wandler. Zweitens haben Blue und Jace angeboten, uns zu helfen. Nun, Jace ist rechtlich dazu verpflichtet. Da stimmen Sie sicher zu.“

„Was?“ Der kultivierte Ton verschwand aus Dels Stimme, und es blieb pure Empörung. „Welche rechtliche Verpflichtung behauptet er –“

„Als mein Hausmeister“, fuhr Cassidy entschlossen fort, „von der Vorbesitzerin für die Timberwolf Lodge eingesetzt und von Ihrer Firma notariell beglaubigt, muss Jace hier sein, um die Anforderungen in den sehr wichtigen Dokumenten zu erfüllen, deren Erstellung Sie beaufsichtigt haben. Es sei denn ... Sie haben was vermasselt?“

Jace hatte die Frau schon einmal bespringen wollen. Jetzt, als Del sichtlich zusammenzuckte, stieg Cassidy in Jace' Augen zur glorreichen Königin aller Königinnen auf.

Sein Cousin brauchte nur einen Moment, um sich zu fangen und die Wut zu unterdrücken.

Jace hatte keinen Zweifel, dass sie in einem passenderen Moment zurückkehren würde, wahrscheinlich einem, bei dem es um Jace' Haut ging. Besonders, als Del lächelte und die Zähne fletschte.

„Sie haben vollkommen recht.“ Del nickte in Richtung Kellertreppe. „Also. Stephanie. Sie ist entzückend. Irgendwas, das Sie mir über sie erzählen möchten?“

Aus dem Nichts erschien Blue.

Genauer gesagt, er kam aus dem Keller – was eigentlich unmöglich hätte sein sollen, denn Jace wusste verdammt gut, dass es keinen anderen Weg in den Raum gab als die Treppe. Außerdem hatte er Blue vor wenigen Minuten auf der Veranda seiner Hütte zurückgelassen, als er Del gewittert hatte und in die Lodge gestürmt war, um ihn zur Rede zu stellen.

Doch Blue war hier, der Geruch von Stephanie hing an

ihm, als er sich träge gegen den Türrahmen lehnte und dem knallharten Anführer des Jasper-Rudels gegenüberstand.

Ohne jede Furcht in den Augen schob Blue seine Hände in die Taschen. „Ich zuerst. Steph ist großartig."

Del holte tief und langsam Luft. Ein leises Knurren begann in seinem Bauch, das sofort verstummte, als Blue eine Augenbraue hob und sein Blick zu Cassidy wanderte.

„Steh mir nicht im Weg!" Del war wieder ganz charmant und höflich.

„Himmel, nein", stimmte Blue zu, bevor er die Hand ausstreckte und Del auf die Nase tippte, als wären sie wieder Teenager, die am See herumalberten. „Aber zu deiner Information: *Sie* ist nicht dein Weg."

Jace hatte schon erlebt, wie Wölfe für weniger ihre Finger verloren hatten. Aber es schien, als wüsste selbst der große böse Alpha, wann es genug war, wenn der Rudelomega ihm die Stirn bot.

Del sammelte sich und wandte sich dann Cassidy zu. „Sie wissen über Wölfe Bescheid. Das freut mich, denn das macht alles einfacher. Sie müssen das Rudel kennenlernen. Da Sie hier leben und so."

„Könnte eine gute Idee sein", überlegte Cassidy laut. „Steph und ich werden reden, und wenn es passt, können Blue und Jace –"

„Jace ist nicht eingeladen." Del sagte es, als wäre er tot. „Sie werden es bald verstehen."

„Noch mehr Geheimnisse. Wie toll!", sagte Cassidy mit gespielter Begeisterung. „Ich denke, Sie sollten jetzt gehen. Wir haben zu arbeiten."

Del schien darüber nachzudenken und nickte dann. „Ich schicke Ihnen und Stephanie eine offizielle Einladung per E-Mail. Und Blue kommt und geht natürlich, wie es ihm gefällt." Kalkulierter Schalk glitzerte in Dels Augen. „Übrigens, Jace. Emma lässt grüßen."

„Emma kann mich mal", brummte Cassidy leise, was jedoch bedeutete, dass sie es alle gehört hatten.

Jace riskierte den Verlust einer eigenen Gliedmaße, als er Cassidy einen Arm um die Schultern legte, während sie an der Tür standen und Del hinterherblickten.

„Pass auf, dass die Tür dich nicht in den Arsch trifft", murmelte sie. „Lackaffe."

Köstlich, dachte Jace. Was für ein wundervoller Tag das war.

Er drehte sich lächelnd zu Cassidy um.

Plötzlich und scharf flammte Schmerz auf.

Sie drehte sein Ohr und zerrte ihn mit Feuer in den Augen herum. „Okay, Cujo. Du hast Einiges zu erklären, und diesmal will ich alles wissen."

Hatte er sie für eine Königin gehalten? Göttin. Sie war eine verdammte Göttin, und Jace konnte es kaum erwarten, sie so anzubeten, wie sie es verdiente.

10
___

Abgesehen von seltsamen Morgen konnte sich Cassidy seit ihrer Ankunft in Jasper nicht über Langeweile beschweren. Wenn sie ehrlich war, war Langeweile früher nie Teil ihres Problems gewesen.

Deshalb ließ sie ihn los, als Jace zwinkerte und nickte. „Aufgeblasener Bastard."

„Nicht wahr?", stimmte Blue herzlich zu und drängte sich an ihnen vorbei in Richtung Küche. „Ich mache Frühstück."

„Danke für deine Unterstützung", brummte Jace.

Blue stapelte Zutaten auf die Theke, bevor er überrascht zurückblickte. „Das bin ich. Ich meine, Del ist der Bastard, nicht du."

„Ich denke, ihr seid alle aufgeblasene Idioten", fauchte Cassidy, zog einen Küchenstuhl heraus und ließ sich zu schwer darauf fallen.

Er brach unter ihr zusammen.

Bevor sie auf dem Boden aufschlagen konnte, hob Jace sie in seine Arme und hielt sie fest. „Vorsichtig, Goldlöckchen."

„Grrrr", knurrte Cassidy und seufzte. „Danke für die Hilfe. Du kannst mich abstellen."

Jace vergrub seine Nase in ihrer Halsbeuge und atmete tief durch. „Nein. Noch nicht."

Sie hätte sich wehren sollen, ihm einen Schlag in die Magengrube verpassen oder so, aber er war warm und duftete gut, und er machte wieder dieses Schnurren/Grollen, und sie schmolz auf der Stelle dahin.

Als er sie einen Moment später tatsächlich absetzte, war es ein langsames, enges Loslassen. Die Vorderseite ihres Körpers war dicht an seinem, als sie zu Boden glitt. Hitze hüllte sie ein, seine Pupillen waren dunkel und intensiv.

Ihr Mund wurde trocken, und andere Bereiche wurden sehr, sehr feucht.

Jace atmete tief durch, stöhnte dann und senkte seine Stirn auf ihre. „Du bringst mich um, Frau."

Die leise gesprochenen Worte streichelten ihre Haut und ließen sie innerlich erzittern. Ihre Unterkörper waren einander nah genug, dass sein Interesse ohne Worte nachgewiesen war.

Sie hatte schon früher Lust empfunden. Impulsiv gehandelt und wilden, unverschämten Spaß mit einem Fremden gehabt, den sie in einem Club oder bei einer Zusammenkunft kennengelernt hatte. Es war noch nie ein solches Ausmaß an Verlangen und Begehren gewesen. Sie sollten –

„Sahne und Zucker?" Blues gut gelaunte Frage unterbrach einen sehr heißen Tagtraum.

Jace schloss die Augen und verzog das Gesicht. „Blue, du nervst."

„Verstanden. Muss trotzdem wissen, wie Cass' ihren Kaffee mag."

Sie löste ihre Finger von der Stelle, an der sie um Jace' T-Shirt geballt waren. Cassidy strich den Stoff glatt, ihre Hände zitterten bei dem Gedanken an all die Muskelkraft, die nur darauf wartete, genutzt zu werden. „Ein Stück Zucker, keine Sahne."

Jace' Blick folgte ihr. Sie wusste es, obwohl sie sich umdrehte und zu einem anderen Stuhl neben dem Tisch ging. Diesen testete sie, bevor sie sich hinsetzte.

Egal, auf welcher physiologischen Achterbahn sie sich befand, es war Zeit, sich zusammenzureißen und Antworten zu bekommen. Sie legte ihre Hände auf die Tischplatte und überlegte, an welcher Stelle sie am besten mit dem Verhör anfangen sollte.

„Was habe ich verpasst? Hast du mir Kaffee gemacht? Sind noch welche von den Mini-Donuts von gestern übrig?" Stephanie kam herein, nahm die Tasse, die Blue ihr anbot, in eine Hand und den Teller mit Donuts in die andere, fegte dann zum Tisch und setzte sich neben Cassidy. „Also, Marvin ist ein Elch. Das stand nicht auf meiner Bingokarte."

„Es gibt viele Dinge, die nicht auf meiner Bingokarte stehen", bemerkte Cassidy trocken.

Blue stellte einen weiteren Teller auf den Tisch. Dieser war voller gegrillter Käsesandwich-Dreiecke. Er nahm eines, während er sich Stephanie gegenüber niederließ. „Ein aufregender Morgen, nicht wahr?"

Jace drehte einen Stuhl um und ignorierte das Essen. Er verschränkte die Arme über der Rückenlehne und zuckte mit den Schultern. „Jetzt habt ihr Del kennengelernt."

„Euren Cousin. Meinen Anwalt." Cassidy hielt einen Moment inne, um sich die Zeit zu geben, über die Wogen der Gefühle nachzudenken, die in ihrem Bauch tobten.

Dann entschied sie: *Scheiß drauf.* Vergiss Finesse, es war Zeit, direkt loszulegen. „Er ist kultiviert und klug –"

„– und hübsch", warf Stephanie ein.

Cassidy redete weiter. „Sehr hübsch. Außerdem hat er eine Ausstrahlung, die mich zuerst dazu gebracht hat, innehalten und zuhören zu wollen. Ich mag ihn, aber je länger wir geredet haben, desto mehr hat er mich genervt."

Jace' Lippen verzogen sich zu einem Grinsen. „Ich mag dich."

„Natürlich tust du das. Ich bin überaus sympathisch." Sie nippte an ihrem Kaffee. „Und es ist nicht, dass ich Del *nicht* mag, aber es ist, als ob da was nicht stimmt. Irgendwas, das aus dem Gleichgewicht geraten oder durcheinander ist."

Jaces Pokerface änderte sich nicht, aber Blue sah nachdenklich aus. „Das ist alles in allem eine wirklich gute Art, es auszudrücken."

„Wie wäre es mit ein paar mehr Informationen? Denn er ist offensichtlich ein Wolf, und die Tatsache, dass wir alle außer Jace zum Wolfstanz eingeladen sind, lässt darauf schließen, dass da irgendwas vor sich geht, das ich nicht verstehe."

„Del hat mich komisch angeschaut", sagte Stephanie. „Im Sinne von seltsam komisch, nicht ha-ha komisch. Und dann taucht dieser hier" – sie deutete über den Tisch auf Blue – „aus dem Nichts auf, während ich die Waschmaschine belade. Im nächsten Moment bin ich in einer Bärenumarmung. Nicht, dass es mir furchtbar was ausgemacht hätte, aber es ist gut, dass ich keine Phobie habe vor Leuten, die aus dunklen Ecken springen."

Ein weiterer interessanter Punkt. Cassidy drückte Stephanies Finger einen Moment lang, bevor sich die beiden umdrehten, um Jace anzustarren.

„Um es kurz zu machen? Del ist der Alpha des Jasper-Rudels. Sein Vater, unser Onkel Paul, hatte früher das Sagen, aber er ist irgendwie durchgedreht. Jemand musste übernehmen, und die übliche Art, das in einem Rudel von Wolfswandlern zu tun, ist, zu beweisen, dass man der Stärkste ist."

Stephanie rümpfte die Nase. „Warum glaube ich, dass du damit nicht Armdrücken meinst?"

Jace zuckte mit den Schultern. „Wir sind Menschen, aber wir sind auch Wölfe. Als Onkel Paul zu einer Gefahr für das Rudel wurde, musste jemand was unternehmen. Ich hätte es gemacht, aber Del war zuerst da. Das bedeutete, dass ich Del als meinen Alpha anerkennen, ihn um die Macht herausfordern, oder verschwinden musste."

In diesem zusammenfassenden Satz war vieles unausgesprochen. Cassidy brauchte Klarheit, egal, wie ungeheuerlich das alles für sie auf einer Ebene war. „Wenn du sagst, Del war zuerst da, heißt das dann, dass er seinem Vater was angetan hat?"

Über den Tisch hinweg seufzte Blue leise. „Onkel Paul hat angefangen, Drogen zu nehmen. Das verträgt sich nicht gut mit unserer Wandlerseite, und er wurde nicht nur für sich selbst, sondern auch für das Rudel zu einer Bedrohung. Jeder, der schwächer war als er, war in Gefahr, also hat Del getan, was getan werden musste."

Jace hatte sich immer noch nicht bewegt.

Cassidy beugte sich vor. „Und du wolltest nicht hier bleiben, mit Del als deinem Alpha?"

Er begegnete ihrem Blick. „Ich bin stärker als er. Meine menschliche Seite kann eine gewisse Zeit den Schwanz einziehen und sich unterwerfen, aber mein Wolf würde nichts anderes akzeptieren, als das Sagen zu haben. Außerdem hätte die Übernahme der Führung des Rudels bedeutet, das Projekt aufzugeben, an dem ich jahrelang gearbeitet hatte und das bald umgesetzt werden sollte. Meine Arbeit hat verlangt, dass ich mich vom Rudel entferne, was ein Alpha nicht tut."

Er sagte immer noch nicht die ganze Wahrheit, also sprach Cassidy sie für ihn aus. „Und die Führung zu übernehmen hätte bedeutet, dass du deinen Cousin Del hättest töten müssen."

Seine Göttin ließ ihm nichts durchgehen. Innerlich knurrte Jace' Wolf zustimmend. „Wandler sind im Grunde ziemlich einfach gestrickt. Der stärkste führt. Du beweist, wo du in der Hierarchie stehst. Kämpfen ist ein schneller und einfacher Weg, das zu zeigen."

Stephanie sah entsetzt aus, aber Cassidy dachte nach und nickte langsam. „Wenn du sowieso gehen wolltest, um dein Projekt zu beenden, hatte es keinen Sinn, Del herauszufordern, der schon einen großen Schritt gemacht hatte, um Alpha zu werden."

Stephanie runzelte die Stirn. „Aber Del war heute hier, und abgesehen davon, dass ihr euren Macho-Charme habt raushängen lassen, scheint ihr beiden miteinander auszukommen."

Blue lachte. „Macho-Charme. Gefällt mir." Er grinste Jace an. „Lass mich sehen, ob ich mich richtig erinnere. *Nicht* Alpha zu werden, wenn man potenziell einer werden *könnte*, war der Grund für eine Auseinandersetzung zwischen Jace und Del. Del hat eine Menge Drohungen ausgesprochen, doch Jace hielt seinen Wolf irgendwie davon ab, Del in Stücke zu reißen, und am Ende des Tages war Del der Alpha, und Jace war weg."

„Aber du *solltest* der Alpha sein. Deshalb hat es sich nicht richtig angefühlt, als Del versucht hat, uns herumzukommandieren", meinte Cassidy.

Es war verlockend, es dabei zu belassen, aber Jace konnte es wirklich nicht. „Du hast etwa achtzig Prozent erfasst. Es fühlt sich nicht richtig an, dass Del *dir* Befehle erteilt, weil du auch stark genug bist, um ein Rudel zu führen."

„Unsinn." Sie blinzelte ihn an. „Ich bin kein Wandler."

Blue zeigte zwei Daumen nach oben. „Du hast ‚Wandler' gesagt. Weiter so."

Cassidy warf ihm einen gereizten Blick zu.

Zeit, das Thema für einen Moment in eine andere Richtung zu lenken. „Wir haben noch mehr zu besprechen, aber wenn wir im Detail erklären wollen, wie Rudeldynamik funktioniert, könnt ihr mir erklären, woher ihr von Wandlern wisst?"

Die Frauen tauschten einen schnellen Blick.

Stephanie holte tief Luft und senkte einmal ihr Kinn, bevor sie zu erklären begann. „Der erste Mann meiner Schwester war beim Militär. Stacy wurde schwanger, kurz bevor er zu einem Auslandseinsatz geschickt wurde. Er ist nicht wieder nach Hause gekommen."

Cassidy senkte den Blick, als hielte sie etwas fest. „Ich habe Colt gebadet. Er war etwa vier Monate alt, als ich plötzlich statt eines kleinen Jungen einen triefenden, zappelnden Welpen in meinen Händen gehalten habe. Ich wusste, dass er es war, also konnte ich nicht ausflippen oder so. Ich habe ihn einfach festgehalten, während er eine Weile als Wolf im Wasser gespielt und dann wieder zurück in die Gestalt des Kindes gewechselt hat."

Blue stieß einen leisen Pfiff aus. „Das ist eine Art, es herauszufinden."

„Hat mein Herz zum Rasen gebracht, so viel kann ich sagen", stimmte Cassidy zu.

Stephanie mischte sich ein. „Wir haben so viel wie möglich recherchiert, aber Colts Vater hatte keine Verwandten, von denen wir wussten. Also haben wir drei im Laufe der Zeit eins und eins zusammengezählt. Colt ist ein toller Junge, und er hat wirklich gute – wie soll man es nennen? Kontrolle? Stacy hat sich Sorgen gemacht, dass es ein Problem werden könnte, zur Schule zu gehen, aber er hat nicht ein einziges Mal gewandelt, wenn er nicht zu Hause ist."

„Das ist beeindruckend", stimmte Jace zu. Er hob sein Kinn in Richtung Blue. „Ich frage mich, ob er einen deiner Tricks auf Lager hat."

„Vielleicht. Aber armes Kind. Es ist schwer, außerhalb eines Rudels aufzuwachsen. Wölfen geht es besser, wenn sie andere Wölfe um sich haben." Blue runzelte die Stirn. „Du hast gesagt, Stacy hat drei Jungs. Was ist mit den anderen beiden?"

„Menschen. Und ihr Vater ist nicht Teil der Gleichung, weil er sich als Arschloch herausgestellt hat." Stephanie zeigte auf Blue. „Erklär mir, was er mit deinen ‚Tricks' meint. Del ist ein Alpha – zumindest dem Titel nach. Und Jace ist ein Alpha – das ist er wirklich und sollte es für das Rudel sein. Was bist du?"

„Magisch." Blue wedelte mit den Fingern.

Stephanie kicherte.

Blue presste eine Hand auf seine Brust und sah beleidigt aus. „Jetzt verletzt du mich. Ich meine es ernst."

„So nervig es auch ist, ich muss ihm zustimmen", sagte Jace. „Blue ist einer dieser seltenen Wölfe, die wir *Omegas* nennen. Sie schlüpfen durch die Maschen der Macht und kommen mit einer Menge Mist davon."

„Das nennst du Zustimmung?"

Es tat gut, seinen Cousin aufzuziehen. „Blue weiß manchmal im Voraus, wie gewisse Situationen ausgehen werden. Er ist immer noch ein schlechter Pokerspieler, aber wenn er dir sagt, du sollst springen, dann meint er es so."

Cassidy trank ihren Kaffee aus und stellte die Tasse wieder auf den Tisch. „Als du dich gestern entschieden hast zu wandeln, war das, weil deine Omega-Superkraft dir gesagt hat, dass es das Richtige war?"

Blue nickte.

„Nun, das war praktisch." Cassidy nickte Stephanie zu. „Klingt, als gäbe es eine Erklärung für Colts unglaubliche Intuition."

Stephanies Miene wurde hart. „Vielleicht. Armer Junge." Sie blickte zwischen Jace und Blue hin und her. „Wird er im Rudel willkommen sein? Denn es hört sich an, als brauchte er das."

„Absolut. Im Rudel dreht sich alles um Kinder – um Familie und Verbundenheit. Manchmal vermasseln wir andere Teile, aber im Grunde ist es das, was ein Rudel am besten kann."

Und Jace würde alles tun, um dafür zu sorgen, dass alles funktionierte. Auch in dem Bereich, den er immer noch mied. Den Teil über ihn und Cassidy.

Sie musterte ihn mit Argwohn in den Augen. „Du bist wirklich schrecklich darin, die Karten auf den Tisch zu legen."

„Wir hatten noch nicht viel Zeit, und es gibt eine Menge Informationen", konterte er.

„Also willst du beiläufig erwähnen, dass ich anstelle von Del führen könnte, und sonst nichts sagen? Denn das impliziert, dass ich irgendwann eingeladen werden könnte, an einer gewalttätigen körperlichen Herausforderung teilzunehmen, worauf ich nicht wirklich Lust habe, mit all meinen menschlichen Schwächen."

Sie hatte recht. Das war keine gute Stelle für eine Pause.

Jace warf einen Blick in Blues Richtung, der nur unverbindlich mit den Schultern zuckte. „Deine Entscheidung."

Großartig. Keine Hilfe von seiner Seite. Wenigstens sagte Blue nicht, dass es gefährlich war.

Doch er würde das nicht hier machen. Jace legte seine Finger um Cassidys Arm und zog sie auf die Füße. „Komm mit."

Sie bewegte sich mit subtiler Anmut, holte ihn ein und ging dann neben ihm her, als sie durch das Wohnzimmer und zur Haustür hinausgingen.

Die Morgensonne brach durch die Bäume und leuchtend gelbe Strahlen malten auf das satte grüne Gras unter ihren Füßen. Ein perfekter Junitag und ein perfekter Moment, um genauer hinzusehen.

Er blieb unter der riesigen Weymouthskiefer am Waldrand stehen. Der Pfad, den sie als Kinder so oft in Menschen- und Wolfsgestalt entlanggelaufen waren, begann vor ihren Füßen und verschwand dann im kühlen, nach Leben duftenden Wald.

Er drehte sich zu Cassidy um, ergriff ihre Hände und drückte sie an seine Brust. „Schließ die Augen."

Eine ihrer Brauen hob sich, aber sie folgte seiner Bitte.

Jace starrte sie einen Moment lang an und betrachtete dann in Ruhe die sanfte Rundung ihrer Wangen, den dunklen Schwung ihrer Wimpern; ihr Gesicht war heiter und friedlich. Eine dunkelhaarige Schönheit stand da und vertraute ihm blind.

Sein Herz machte einen Sprung, und er wollte vor Freude schreien, brüllen und heulen.

Stattdessen ließ er den anderen Teil, der in ihm lebte, Kontakt aufnehmen. „Hör zu. Fühle. Lerne."

11

———

Sie standen da, während die Sonne über sie hinwegflutete. Eine sanfte Wärme streifte ihre Schultern mit einem Kuss, der erfrischte und einen schönen Tag versprach.

Als Cassidy die Augen schloss, wurden ihre Sinne schärfer. Der Vogelgesang wurde lauter und der Frühlingsduft grüner Pflanzen schärfer. Unter ihren Händen pulsierte Jace' Herz immer wieder, so stark, dass sich ihre Hände im Rhythmus bewegten.

Hör zu. Fühle. Lerne.

Er hatte die Worte mit seiner tiefen, sexy Stimme gesprochen, aber auch mit etwas anderem. Einem Hauch von Wildheit. Etwas Erdigem und Ursprünglichem, und obwohl sie wusste, dass sie noch immer dastand und das Sonnenlicht auf ihrer Haut prickelte, bewegte sie sich.

Auf allen vieren, dicht über dem Boden. Sie rannte durch die Bäume, schoss hoch, duckte sich tief. Starke Düfte in ihrer Nase, das Blut rauschte in ihren Adern.

Ein Wolf. Sie war – *ein Wolf.*

Sie rannte durch den Wald und erkundete ihr

Territorium. Sie spürte die Verbindung mit dem Land unter ihren Füßen und die Luft, die über ihr Fell strömte.

Es war erstaunlich. Es war unglaublich, und doch fühlte es sich so richtig an.

Sie blieb stehen. Der spröde Fels unter ihren Pfoten grub sich in ihre Ballen. Sie stand auf dem Grat eines Berges und blickte auf das Tal hinab. Timberwolf Lodge lag da neben dem hellblauen Wasser des Sees. Ihr Land – ihr gemeinsames Land.

Ihr Zuhause.

„Wie?" Ihre Stimme klang rostig, ihre Kehle war trocken, als hätte sie jahrelang nicht gesprochen.

„Manche Menschen können eine Verbindung herstellen. Du kannst nicht körperlich wandeln – das nicht. Es gibt keinen Virus oder irgendwas, das deinen Körper verändert und dich zu einem Wandler macht. Aber du hast einen Wolf in dir. Du musst nur lernen, wie du ihn rauslassen kannst."

Cassidy öffnete die Augen. Sie stand dort, wo sie losgelaufen war, auf einem Pfad unter einem riesigen Baum. Ihre Handflächen lagen noch immer auf Jace' Brust. Er hatte seine Arme um ihre Schultern gelegt und sie an sich gedrückt.

„Ist das deinetwegen?", fragte sie.

Er sah aus, als zögerte er, doch dann antwortete er: „Es ist unseretwegen. Ich bin ein Katalysator, aber du bist es auch. Wenn wir zusammenkommen, geschieht die Magie."

„Ich und irgendein Alphawolf?"

Bewunderung flammte in seinen Augen auf. „Du bist so verdammt intelligent, aber nein."

Sie dachte über alles nach, was er gesagt hatte, über die Gespräche heute Morgen und die Gefühle, die sie während der Zeit, in der Del dort war, empfunden hatte. All diese

Gedanken wirbelten durcheinander, als sie alles zusammenfügte. „Du bist ein Alpha. Das hast du und auch Blue gesagt. Dass du der Alpha des Rudels sein solltest, anstatt Del."

„Und das werde ich sein. Ich muss mir nur einen Weg überlegen, das zu tun, ohne Del zwei Meter unter die Erde zu bringen. Er ist kein schlechter Kerl, er ist nur ..."

Sie verzog das Gesicht. „Er steht im Weg."

„So ziemlich." Er strich ihr mit den Fingerknöcheln über die Wange. „Du und ich sind beide hier, weil meine Tante beschlossen hat, um die Timberwolf Lodge ein bisschen aufzumischen. Wir haben eine Menge zu erreichen, und bei jedem Schritt auf dem Weg kannst du Entscheidungen treffen. Aber eines kann ich dir garantieren: Ich habe meine Entscheidung getroffen, und zwar, dass ich tun werde, was getan werden muss. Nicht nur für das Rudel, sondern auch für dich. Ich bin auf lange Sicht dabei."

Ein langsames Zittern durchfuhr seinen Körper, als würde er sich noch immer zurückhalten. So viele Informationen, die meisten davon unglaublich, und doch waren sie alle auf eine Art und Weise miteinander verbunden und verwoben, die sie mit ihm verstrickte.

Mit Jace.

Cassidy trat zurück. Es erforderte viel zu viel körperliche Kraft, diese kleine Bewegung zu machen. „Diese Sache – diese unglaubliche Sache – sie wird nicht verschwinden, oder?"

Er schüttelte den Kopf.

Sie holte tief Luft. „Dann, so sehr ich auch losstürzen und alles gleichzeitig erleben will, lass es uns langsamer angehen. Lass uns den nächsten Schritt machen, denn du hast recht. Wir haben viel zu tun. Aber du musst mich warnen. Wenn ich vom Weg abkomme, was das Rudel betrifft. Von dem, was mit Del passieren muss. Und du hast auch damit recht, dass es mir wirklich lieber wäre, wenn er nicht tot wäre."

„Damit kann ich arbeiten", versprach Jace.

Er deutete auf das Haus, und sie gingen in freundschaftlichem Schweigen zurück. Was gut war, denn ihr Verstand war so voll, dass sie nichts anderes mehr aufnehmen konnte.

Jace machte sich auf den Weg zur Werkstatt. Cassidy betrat das Haus allein.

Sie fand Stephanie oben, wo sie den Computer einrichtete. „Ich dachte, es gäbe keinen Empfang hier?"

„Blue ist aufs Dach geklettert und hat irgendwas gemacht, und jetzt haben wir Satellitenempfang, also haben wir Internet." Stephanie wedelte mit den Fingern in der Luft. „Tada! Magie."

„Ich glaube nicht, dass das die Art von Magie ist, von der sie gesprochen haben", sagte Cassidy.

„So gut wie", beharrte Stephanie. „Stacy wird in einer Minute online sein. Sie wird den Verstand verlieren, wenn sie von Wandlern hört."

Es waren gute Neuigkeiten, aber ihre beste Freundin sah besorgt aus.

Cassidy legte Stephanie eine Hand auf die Schulter. „Ich habe dir auch noch mehr zu erzählen, aber so viel kann ich sagen: Ich denke ... nein. Ich bin sicher, dass alles gut werden wird."

Weniger als eine Minute später saßen sie vor dem Monitor. Auf der anderen Seite winkte Stacy. Ihr Haar war zu einem Pferdeschwanz zurückgebunden, und sie hatte Schatten unter ihren Augen.

„Hey, Schwester. Hältst du durch?" Stephanie stützte

ihr Kinn in die Hände. „Du siehst aus, als wäre eines der Kinder letzte Nacht wach gewesen."

Stacy nickte und hielt dann inne, um ein Gähnen zu unterdrücken. „Tut mir leid. Ja, ich bin aufgestanden, um nach den Kindern zu sehen, und Ace war verschwunden. Er hatte einen Alptraum und ist zu Colt ins Bett gekrochen. Als ich sie gefunden habe, war Colt –"

Stacy wackelte mit den Fingern, ohne es auszusprechen, aber sie wussten alle, dass sie meinte, dass Colt sich in einen Wolf verwandelt hatte. Seine kleinen Brüder wussten es. Sowohl Blaze als auch Ace fanden es extrem beruhigend, mit Colt zu kuscheln, wenn er im Pelz war.

Das würde ein Wahnsinnsgespräch werden, wurde Cassidy plötzlich klar.

Stacy lächelte und strich ein paar lose Haare zurück, die aus ihrem Pferdeschwanz gerutscht waren. „Ihnen geht es jetzt allen gut, und sie sehen fern. Erzähl mir von der Lodge. Wird es klappen? Sind wir aufgeregt?"

Stephanie und Cassidy tauschten Blicke aus und sahen dann wieder auf den Bildschirm.

Cass begann: „Es gibt eine Million Dinge, die ich dir erzählen muss, aber ja, es wird klappen. Und ja, wir sind sehr aufgeregt."

Stephanie hob eine Hand. „Und viele dieser Millionen Dinge müssen wir dir später erzählen, aber über eine Sache müssen wir sofort reden. Colt ist nicht der Einzige, der sich in einen Wolf verwandeln kann."

Ihre Schwester runzelte die Stirn. „Das dachte ich auch nicht. Aber woher weißt du das so genau?"

„Weil es in der Timberwolf Lodge Wölfe gibt. Wir haben sie getroffen. Wir haben es gesehen." Stephanie beeilte sich, weiterzureden, weil Stacys Mund offenstand.

„Es ist okay. Es ist besser als okay, weil ich denke, dass das genau das ist, was Colt braucht. Es gibt hier ein Rudel – wie eine Familie, die auch tun kann, was er tut."

Stacys Gesichtsausdruck wechselte zwischen Schock, Staunen und Aufregung –

Stephanie verzog das Gesicht. „Wir haben ihnen von Colt erzählt."

Das Gesicht ihrer Schwester wurde kreidebleich. „Steph. Wie konntest du?"

„Es war meine Schuld." Ob wahr oder nicht, Cassidy nahm die Schuld auf sich. „Ich weiß, dass es jetzt beängstigend klingt, aber vertrau mir. Bitte. Du weißt, dass ich Colt liebe und ihm nie wehtun würde. Das wird eine gute Sache sein. Das verspreche ich."

Stacy presste die Hände an ihre Wangen, die Augen geschlossen. „Ich vertraue dir. Aber im Moment habe ich Angst. Und ich habe keine Angst, das zu sagen. Ich könnte es nicht ertragen –"

„Ihm wird nichts passieren, das schwöre ich." Nach all den Wundern, die Cassidy in den letzten Stunden erlebt hatte, musste es wahr sein. „Wir haben gute Leute kennengelernt. Und wenn ihr hier ankommt, werden wir eine Wohnung für euch haben, ein Zuhause für dich und die Jungs." Cassidy sagte es mit Überzeugung und spürte es bis in die Magengrube.

Jetzt mach es wahr!

Den restlichen Tag und die zwei Tage danach bemühte Jace sich, nicht im Weg zu stehen.

Auf der To-do-Liste, die Blue und Stephanie zusammengestellt hatten, waren viele Dinge, die harte

Arbeit erforderten. Hart zu arbeiten und sich von Cassidy fernzuhalten, schien die einzige Möglichkeit zu sein, ihr die Zeit und den Freiraum zu geben, die sie brauchte, um sich mit all den Veränderungen auseinanderzusetzen.

Anstatt ihr also wie ein hechelnder Welpe hinterherzulaufen, riss er verrottende Dielen heraus und machte Brennholz aus umgestürzten Bäumen. Er füllte den Holzschuppen. Er reinigte Dachrinnen und die Außenseiten der Hütten mit einem Hochdruckreiniger, damit sie mit dem Beizen anfangen konnten. Er kümmerte sich um den Truck seines Cousins Pete und sorgte dafür, dass sein eigenes Fahrzeug in die Stadt gebracht wurde.

In den freien Momenten stellte er per Satellit eine Verbindung zu seiner Firma her und arrangierte einen längeren Urlaub. Er hatte Leute vor Ort, die dafür sorgen würden, dass alles auch in seiner Abwesenheit weiterlief. Genau so sollte ein gutes Geschäft funktionieren.

Er tauschte Meetings bereitwillig gegen Hammer und Nägel ein und hätte nicht glücklicher sein können. Es war ehrliche Arbeit, lohnende Arbeit.

Arbeit, um Cassidy glücklich zu machen.

Es war erstaunlich zu sehen, wie schnell sich unter bestimmten Umständen Veränderungen vollzogen. Sie hatten eine Menge Material für die Renovierungsarbeiten im Haus bestellt, aber die Außenarbeiten machten ihm Spaß. Morgens und abends war es kühl genug, sodass er früh anfangen und spät aufhören konnte.

Kurz vor dem Mittagessen am dritten Tag seiner selbst auferlegten Fastenzeit von Cassidy marschierte Stephanie auf ihn zu und hielt ihm ein großes Glas Limonade entgegen. „Da du dich weigerst, ins Haus zu kommen, wurde mir befohlen, dich mit Flüssigkeit zu versorgen."

Jace blickte unwillkürlich zur Lodge. „Danke."

„Du musst uns wirklich nicht aus dem Weg gehen. Oder ihr. Cassidy hat mir von der ‚mit Wölfen laufen'-Sache erzählt. Es hört sich unglaublich an." Steph verschränkte die Arme vor der Brust und wartete, während Jace das Glas ansetzte und es in einem Zug leerte. Als sein Blick wieder ihrem begegnete, sprach sie leise, als wollte sie ihn ermutigen, Geheimnisse zu teilen. „Hältst du dich von ihr fern, weil das unangenehm ist? Diese Bindungssache?"

„Ich gehe ihr aus dem Weg, weil ich viel lieber Zeit mit Cassidy nackt verbringen würde, als die Lodge zu renovieren." Er presste die Lippen zusammen, wie er es hätte tun sollen, bevor ihm die Worte herausgerutscht waren.

Stephanie grinste. „Siehst du? Ich *wusste*, dass du es aussprechen kannst. Ich weiß auch, dass Cassidy nichts dagegen hätte. Aber tut es bitte nicht in der Küche. Ich bin immer noch traumatisiert von Marvin."

Sie nahm ihm das leere Glas ab, drehte sich um und marschierte mit einem kecken Pfeifen davon.

Jace schüttelte den Kopf. Er hatte gedacht, Blue wäre einzigartig, aber er und Stephanie glichen einander in dieser Hinsicht offensichtlich wie ein Ei dem anderen.

Einen Tag später schlug Jace die letzten Nägel für die Reparatur des Dachs von Hütte 7 ein. Marvin hatte einen Gartenstuhl besorgt und ihn strategisch so aufgestellt, dass er alles beobachten konnte. „Du hast eine Stelle übersehen."

Jace hämmerte weiter mit der rechten Hand, während er die linke hob und dem Elchwandler den Mittelfinger zeigte.

Marvin nippte an seinem Bier und grinste. „Du machst gute Arbeit, für einen Wolf."

„Da ich dich noch nie habe arbeiten sehen, weiß ich nicht, ob du eine Ahnung hast, was das Wort bedeutet."

„Ich habe früher gearbeitet. Sogar körperliche Arbeit. Kann ich nicht empfehlen." Marvin setzte die Flasche wieder an und neigte den Kopf. „Wird es hier von Besuchern bald nur so wimmeln?"

„Irgendwann. Das ist der Plan."

Marvin seufzte. „Nun, das Paradies kann nicht für immer ein Paradies bleiben. Sag deiner Mini-Amazone, dass ich einspringe, wenn sie Hilfe braucht."

„Wirklich?" Jace war so überrascht, dass er mitten in der Bewegung innehielt. „Was willst du machen? Hors d'œuvres servieren?"

„Kinderbetreuung." Marvin starrte Jace unter seinen buschigen Augenbrauen hervor an. „Und bevor du irgendwas Dummes denkst, ich habe eine RCMP-Ausbildung und alle nötigen Papiere, die beweisen, dass ich keine Vorstrafen habe. Außerdem bin ich als Pädagoge für frühkindliche Entwicklung zertifiziert."

Marvin schnaubte und lehnte sich dann in seinem Stuhl zurück. Er schob seinen Hut nach vorn, um das Gesicht zu verdecken, und ignorierte Jace anschließend.

Das hatte gerade bewiesen, dass es fast unmöglich ist, jemanden anhand seines Aussehens einzuschätzen.

Jace räumte seine Werkzeuge auf und machte sich auf den Weg zu der Hütte, die er und Blue bewohnten. Er machte sich nicht die Mühe zu duschen, sondern ging direkt zum Kühlschrank, holte sich einen Eistee und trank ihn in einem Zug aus.

Dann ließ er sich auf dem Verandastuhl nieder, um seine Beine zu entspannen und ein paar Minuten lang die Augen zu schließen. Früh aufzustehen und lange aufzubleiben war eine tolle Ablenkung, aber ermüdend.

Zusammen mit der harten körperlichen Arbeit hatte Jace alle Fettpölsterchen aus seiner Zeit als Schreibtischtäter verloren, die er sich in der überwiegend menschlichen Welt zugelegt hatte.

Ganz zu schweigen von seinen nächtlichen Läufen durch den Wald, obwohl er zugeben musste, dass sein Wolf ein wenig zu jagdfreudig schien.

Wenn ich meine Zähne nicht in Cassidy versenken kann, brauche ich jeden Abend was anderes Leckeres.

„Du bist total fertig." Die Verandabretter knarrten, als Blue die Treppe hinauf- und auf Jace zukam, um sich neben ihn zu setzen.

„Wenn du nichts Nettes zu sagen hast …", begann Jace.

Sein Cousin lachte und prostete ihm mit seinem Wasserglas zu. „Meine Mutter war königlich angepisst, als du das Ende des Spruchs von disneytauglich zu wunderbar vulgär geändert hast."

„Hey, ‚friss Scheiße und stirb' ist nicht *so* vulgär", protestierte Jace.

„Hast du vor, es Stacys Kindern beizubringen?"

Verdammt. „Okay, nein." Jace drehte den Kopf, um Blue besser sehen zu können. „Woher hast du diese Klamotten? Von Bunt und Bunter Outfitters?"

Blue blickte auf seine neongelben Shorts und sein blasslila T-Shirt. „Das sind die Farben der Schulmannschaft."

„Für die Kotzakademie?" Jace verzog das Gesicht. „Du und ich sind auf dieselbe Schule gegangen, und wir hatten nicht diese Schulfarben."

Blue hob die Nase. „Ich habe nie gesagt, welche Schulfarben. Aber jetzt zu einem viel wichtigeren Thema als wo ich meine atemberaubende Kleidung finde – was zum Teufel machst du Idiot?"

Überrascht öffnete Jace beide Augen und schenkte seinem Cousin seine volle Aufmerksamkeit. „Hast du mich gerade einen Idioten genannt?"

„Wahrscheinlich. Höchstwahrscheinlich. Auf jeden Fall."

„Hast du einen Todeswunsch?"

Blue schnaubte. „Als ob. Nein, ich bin wirklich neugierig. Weil ich verstehe, dass ich einem ganz bestimmten langsamen Pfad folge, um mit meiner Gefährtin eine Romanze und ein Happy End zu erleben, weil die Situation das erfordert. Weil ich einfühlsam und ausgesprochen sensibel bin."

„Ein wahrer Schatz." Gott, sein Cousin war der Hammer.

„Du hingegen", fuhr Blue fort, „bist nicht gerade für deine Geduld bekannt, aber du sitzt auf deinem Arsch und drehst Däumchen, anstatt dich mit ihr zu paaren. Was die Frage aufwirft: Was zum Teufel ist hier los?"

„Geduld ist eine Tugend."

„Und Aufschieberitis ist ein fünfsilbiges Wort", konterte Blue.

Jace ertappte sich dabei, wie er zählte und fluchte. „Du bist so ein Arsch."

Sein Cousin grinste, als er sich in seinem Stuhl nach vorn beugte. „Ich denke, du solltest was gegen deinen Frust tun. Denn eine Hütte mit dir zu teilen ist wie mit einem Honigdachs zusammenzuwohnen. Du nervst. Du wälzt dich hin und her, du bleibst die ganze Nacht wach."

„Meinst du wirklich, ich sollte was unternehmen?" Jace hob eine Hand. „Und nicht, weil ich deinen Schönheitsschlaf störe."

„Ja", brummte Blue in einem seltenen Anflug von Ungeduld. Im nächsten Moment lehnte er sich zurück und war wieder unbeschwert. „Nicht, dass ich irgendwelche bösen Vorahnungen oder konkreten Erkenntnisse hätte, aber ich denke, dass es dir helfen wird, eher früher als später zu handeln. Ich kann nicht genau sagen, warum, aber bitte. Mach hin. Lass den Zerstörer raus."

Jace behielt seine Poker-Miene bei. „Ich hatte keine Ahnung, dass du weißt, wie ich meinen Schwanz nenne."

Wasser spritzte aus Blues Glas in Jace' Gesicht, als sein Cousin aufstand und mit amüsiert-angewiderter Miene den Kopf schüttelte. „Und in diesem Sinne gehe ich zurück ins Haus. Stephanie und ich reißen die Tapeten in Gästezimmer zwei und drei ab. Wir sind bis zum Abendessen nicht da. Sechs Uhr im Haupthaus. Du wirst erwartet. Im Schnellkochtopf ist Eintopf, und Steph hat heute Morgen Brot gebacken."

Als sein Cousin ging, erinnerte sich Jace an sein Gespräch mit Cassidy vor ein paar Tagen, als er erklärt hatte, dass man, wenn ein Omega einem sagt, man solle springen, so schnell wie möglich beide Füße in die Luft bekommen soll.

Also machte sich Jace auf die Suche nach seiner Gefährtin.

12

———

Unglaublich schlecht gelaunt stieß Cassidy die Mistgabel in den Boden und lockerte einen weiteren Abschnitt Unkraut. „Klar. Sag mir, dein Wolf ist so stark wie ein Alpha, und dann versteck dich für eine verdammte Woche."

Sie riss ein Büschel Unkraut aus und schleuderte es mit viel zu viel Schwung in ihren Eimer. Gereizte Gedanken kreisten weiter durch ihren Kopf, während sie die Mistgabel immer wieder in den Boden rammte.

Ihr Handy piepte in ihrer Gesäßtasche. Blue hatte eine Internetverbindung für den gesamten Lodge-Bereich installiert, was Segen und Fluch zugleich war. Sie hasste es, ständig auf Abruf zu sein, aber Cassidy holte es trotzdem heraus, um sicherzugehen, dass es nicht Stacy war, die irgendwas brauchte, während sie ihre letzten Vorbereitungen in Toronto traf.

E-Mail vom Jasper-Rudel.

Cassidy Rundle, Stephanie Nix.

In Anbetracht der Geschichte zwischen dem Jasper-Rudel und den früheren Besitzern der Timberwolf Lodge hielt ich es für das Beste, dies offiziell zu tun.

Sie sind eingeladen, sich dem Rudel für das bevorstehende Sonntagspicknick anzuschließen. Wir treffen uns ab 14 Uhr auf den Ridge Fairgrounds. Dies ist ein familienfreundliches Treffen bis ungefähr 20 Uhr, danach nur für Erwachsene. Als unsere Gäste wird von Ihnen nicht erwartet, irgendetwas mitzubringen, doch die Veranstaltung ist ein Potluck.

Wir erwarten von Ihnen, dass Sie unsere Regel, keine Kameras mitzubringen, einhalten. Wenn Sie für den Notfall Ihr Handy mitbringen möchten, werde ich es gern treuhänderisch für Sie aufbewahren.

Es werden Kinder anwesend sein. Ich denke, Sie werden zustimmen, dass ihr Schutz unsere höchste Priorität ist.

Huckleberry Carter darf Sie zu den Fairgrounds und wieder nach Hause begleiten.

Ich freue mich darauf, Sie beide zu sehen.
Delaney.

Der Großteil ihrer Wut verschwand beim Gedanken an das Ereignis am Sonntag. Allein der Gedanke an mehr Wölfe, mehr Wandler –

Die Vorstellung machte sie glücklich für Stacy und Colt.

„Das ist ein glücklicherer Gesichtsausdruck als vor ein paar Minuten."

Sie hob den Kopf, während sie ihr Handy in die Gesäßtasche schob. Jace überragte sie eine Sekunde lang, bevor er neben ihr in die Hocke ging. Seine Jeans war staubig, Schmutz war in den Rillen seiner Fingerknöchel zu sehen und ein dunkler Schmutzstreifen war über seinen Nasenrücken verschmiert.

Selbst schmutzig sah er zum Anbeißen aus, und der Gedanke machte sie wütend.

Bleib cool. Bleib ruhig. „Einladung zum Sonntagspicknick."

„Ah." Jace nickte, dann beugte er sich vor und begann, Unkraut zu zupfen, wo sie den Boden aufgelockert hatte. „Das ist eine ziemlich große Sache. Es ist ein guter Schritt, wenn man bedenkt, dass du jetzt hier lebst und so."

„Ich denke an Colt", gab sie zu. „Er ist so ein guter Junge, aber er hat sich immer anders gefühlt, und *hallo*. Das ist er. Ich denke, das wird ihm guttun."

Jace schwieg eine Minute lang, benutzte die Mistgabel in kniender Position und bereitete den nächsten Abschnitt des Blumenbeets vor, ohne ins Schwitzen zu kommen. „Alle Kinder brauchen das Gefühl, dazuzugehören. Nein – *jeder* braucht das Gefühl, dazuzugehören."

Er warf ihr einen vielsagenden Blick zu, bevor er sich wieder an die Arbeit machte.

Sie richtete sich auf, die Knie ruhten auf der frisch umgegrabenen Erde. „Was willst du damit sagen?"

Er zuckte die Schultern. „Du hast gesagt, du musst das hinkriegen. Timberwolf Lodge. Den ganzen Umzug nach Jasper. Dass du Brücken abgebrochen hast. Klingt, als ob du nicht dort warst, wo du sein solltest."

Damit hatte er den Nagel auf den Kopf getroffen. Und das machte sie wieder wütend.

„Wie kommst du darauf, zu denken, dass du mir sagen kannst, was ich brauche?", wollte Cassidy wissen. „Ich sage nicht, dass du Unrecht hast, aber ich sage, ich weiß nicht, ob ich mich mit dir unterhalten will, nachdem du die letzten paar Tage weiß-Gott-wo warst. Du nimmst mich mit auf einen magischen, mystischen Werwolf-Waldlauf, und dann kann ich dich nicht finden, um dir Fragen zu stellen. Ich sehe dich auf der anderen Seite des Hofs Holz hacken, nur in Jeans, mit sexy-verschwitzten Muskeln, und ich kann nachts nicht schlafen, weil ich jedes Mal, wenn ich die Augen schließe, nur dich sehe und ich mich nach dir sehne."

Verdammt. Cassidy wollte sich die Hand vor den Mund schlagen, aber jetzt war es offensichtlich ein bisschen spät dafür.

Jace hockte sich neben sie, balancierte auf seinen Fersen, mit einem hungrigen Blick in den Augen und diesem großspurigen Grinsen im Gesicht. Die Grübchen waren wieder da. Sie konnte es nicht ertragen. Bastard.

Sie beugte sich vor, legte beide Hände an seine Brust und stieß mit aller Kraft.

Irgendwie drehte sich die ganze Welt, während sie seinen Oberkörper berührte und ihn in Bewegung setzte. Er flog nicht von ihr weg; sie bewegte sich im Gleichklang mit ihm, schwebte für den Bruchteil einer Sekunde in der Luft, bevor sie sanft auf dem Rücken landete und er auf ihr lag.

Muskulöse Arme stützten sich auf beiden Seiten ihres Kopfes ab. Seine Oberschenkel ruhten auf beiden Seiten ihrer Knie und drückten sie von der Taille abwärts zu Boden, während er sich auf sie senkte, bis sich ihre Hüften berührten.

Seine Brust bewegte sich in einem unregelmäßigen

Rhythmus vor und zurück. Seine mitternachtsblauen Augen schimmerten silbrig. Seine Nasenflügel bebten für einen Moment, dann schlossen sich seine Augen, als ob er ihren Duft genoss.

„Das habe ich nicht erwartet", gestand sie, ihre Stimme fast ein Flüstern. Als ob sie etwas sagen oder tun könnte, das das alles verschwinden lassen könnte. Es ändern. Und lieber Gott, sie wusste vielleicht nicht, was in aller Welt vor sich ging, aber sie wollte nicht, dass es aufhörte.

„Cassidy?"

Gott, seine Stimme. Wie ein samtiger Vibrator direkt zwischen ihren Beinen. „Ja?"

Er senkte seinen Kopf. Noch einen Zentimeter. Die Lippen kamen näher. Sein Blick war direkt auf sie gerichtet. „Ich sehne mich auch nach dir."

Und dann küsste er sie.

~

DAS GING VIEL ZU SCHNELL, nachdem er es viel zu lange aufgeschoben hatte. Sie nur zu berühren, über ihr zu sein, reichte, um seinen Wolf wild zu machen.

Ihr Duft erfüllte ihn, und das Wissen, dass sie sich genauso sehr nach ihm gesehnt hatte, machte die Qual der letzten Tage süßer.

War das nicht krank?

Jace brachte ihre Münder zusammen, knabberte an ihrer Unterlippe und nutzte es aus, als sie keuchte. Er stürzte sich auf sie und verschlang sie. Er labte sich an ihr, nahm jedes Keuchen und Stöhnen in sich auf und nahm die Herausforderung an, die sie ihm ebenso schnell und wütend zurückgab.

Das scharfe Stechen ihrer Fingernägel in seinen Rücken ließ Lust seine Wirbelsäule hinunter schießen. Als sie sie tiefer zog und ihn kratzte, wollte Jace sie gleich an Ort und Stelle ausziehen und nehmen.

Doch der kleine Hauch von Zivilisation, der in seinem Gehirn geblieben war, sagte ihm, dass es eine bessere Lösung gab. Eine Sekunde später hatte er sie vom Boden hochgehoben, in seine Arme genommen und eilte in seine Hütte.

Knöpfe flogen, als Cassidy sein Hemd aufriss. Sie zerrte es von seinen Schultern, als er sie so weit herunterließ, dass ihre Füße im Badezimmer den Boden berührten.

„Willst du das? Willst du mich?", fragte er, während er den Saum ihres T-Shirts packte und es ihr über den Kopf zog.

Sie hielt mitten im Öffnen seiner Jeans inne, um ihm direkt in die Augen zu sehen. „Ja. Ich will dich."

Er packte sie an der Taille und hob sie auf das Waschbecken. Seine Finger glitten an ihr empor, um ihre Brüste zu wiegen. Einen Moment später war der Sport-BH, der ihn fernhielt, in Fetzen und gab rosige Brüste frei, an denen sein Mund sich laben und die seine Zunge necken konnte.

Cassidy vergrub ihre Finger in seinem Haar, ballte sie zu Fäusten und zog fest daran. „Mehr!", verlangte sie.

Ihre schmutzigen Finger hinterließen Spuren auf seinem Bizeps. Der Schmutz von seinen Händen hinterließ handförmige Abdrücke auf ihren Brüsten. Sie würden definitiv unter die Dusche gehen, aber zuerst –

„Halt dich an meinen Schultern fest", befahl er. Und als sie gehorchte, hob er sie gerade weit genug hoch, um ihr mit einer einzigen Bewegung Shorts und Unterhöschen auszuziehen. Er ließ sie auf die Ablage fallen, spreizte ihre Beine und bedeckte ihre Scham mit seinem Mund.

Ihr Geschmack strömte herein, setzte ihn in Flammen und machte ihn wild. Darauf hatte er sein ganzes Leben gewartet. Mit ihr zusammen zu sein, sich ihr hinzugeben.

Sie dazu zu bringen, seinen Namen zu schreien.

SIE WAR WIDERLICH, verschmiert mit Schmutz und Schweiß. Er auch. Da war eine funktionsfähige Dusche, nicht einmal einen halben Meter entfernt, die sie benutzen könnten, um sich zu säubern, damit sie Sex auf der Matratze haben konnten.

Jace scherte sich offensichtlich nicht darum, die Dinge auf die übliche Art zu tun. Stattdessen tat er sein Bestes, um sie genau dort, wo sie war, um den Verstand zu bringen. Auf dem Rand des Waschbeckens sitzend, ihre Knie weit auseinandergedrückt, während er die Kontrolle über ihr Vergnügen übernahm. Jede Berührung, jedes Lecken, genau da, wo sie es brauchte, genau das, was sie wollte.

Er richtete seine hypnotisierenden blauen Augen auf ihre und bewegte seine Zunge langsamer. Das Lächeln auf seinen Lippen, als er sie neckte, ließ ihre Arme zittern, als sie sie auf dem Waschbeckenrand abstützte.

„Du wirst für mich kommen", erklärte er. „Und ich werde jeden Tropfen auflecken. Du bist so verdammt köstlich."

Seine Zunge zu beobachten, machte die Empfindungen noch viel schärfer. Noch viel intensiver. Cassidy konnte die Augen schließen und es länger andauern lassen oder weiter zusehen und in Sekundenschnelle kommen.

Er sah wieder auf, aber diesmal war sein

Gesichtsausdruck ernster. „Lass los, Babe. Ich bin hier, um dich aufzufangen."

Dann war das langsame Tempo Geschichte, und er zog sie hoch, stürmte das Schloss. Er trieb sie so hart und heiß und schnell, dass sie nicht nur in Flammen aufging, sondern implodierte. Lust durchströmte sie von ihrem Innersten bis in die äußersten Enden ihrer Gliedmaßen, während ihr der Atem stockte und sie seinen Namen stöhnte.

Eine Sekunde später hatte er sie in der Dusche, seine seifigen Hände liebkosten sie von oben bis unten. Er berührte jede erogene Zone, von der sie wusste, dass sie sie hatte, und fand nebenbei ein paar neue. Der Schmutz von ihrem Körper und der Schweiß von seinem wurden in den Abfluss gespült, während ihre empfindlichen Nervenenden wieder tanzten.

Er benutzte jetzt seine Finger. Er spreizte sie, während er ihr mit etwas, das wie Ehrfurcht aussah, ins Gesicht blickte.

Sie legte ihre Hände auf seine Schultern und versuchte, auf ihn zu klettern. „Jetzt. Jetzt, jetzt, jetzt!", flehte sie. Gott sei Dank für die Pille, denn sie wusste verdammt nochmal nicht, wo es hier Kondome gab.

Eine Bewegung, und ihre Füße hoben sich vom Boden, und sie schlang ihre Beine um ihn.

Und dann drückte er sie an die Wand der Dusche, seine Härte glitt über ihre Klitoris. Immer und immer wieder, bis sie schreien wollte.

Beim nächsten Stoß glitt er bis zum Anschlag in sie hinein.

Ein zufriedenes Stöhnen.

Dann grunzte er.

Sie lachte.

Er stand da und drückte sie an die Wand, während sie

einander in die Augen sahen und Belustigung zwischen ihnen tanzte. „Bist du bereit?", fragte er.

Als sie nickte, kehrte die Wildheit zurück. Cassidy hielt sich fest, verzehrt von dem Feuer, das er entfacht hatte. Er stieß tief und hart in sie hinein, und jede Bewegung löste einen neuen Funken aus, bis ihr ganzer Körper ein Feuerwerk war, bereit war zu explodieren.

Neben ihrem Ohr wurde sein Stöhnen lauter. Die Härte seiner Muskeln unter ihren Fingern fühlte sich an wie Titan.

Ein weiterer Schwall der Lust entfesselte sich, und Cassidy schrie. Seinen Namen? Halleluja? Sie war zu sehr damit beschäftigt, den Orgasmus zu genießen, um es zu wissen. Sie genoss, wie sein Rhythmus brach und Jace grunzte und tief in ihr innehielt, während ihre pulsierende Lust ihn einhüllte.

Er stand da und stützte sie, während der Regen der Dusche auf sie niederprasselte. Hektisch atmend, wiegende Brüste, Körper pulsierten von Blut und Energie.

Cassidy nahm sein Gesicht in die Hände, beugte sich vor und küsste ihn. Immer noch innig verbunden, bildete die Glätte seines und ihres Körpers einen erotischen Kontrast zu dem süßen Druck ihrer Münder.

Fünf Minuten später – oder mehr? – ließ sie ihre Füße auf den Boden sinken, und Jace seifte seine Hände ein und wusch sie nochmal. Diesmal zärtlich, und der Berührung seiner Hände folgten Küsse, bis sie vor Benommenheit fast den Halt verlor.

Er trocknete sie ab, brachte sie zu seinem Bett und schlang sich dann um sie.

„Wir werden das Abendessen verpassen", warnte Cassidy.

„Nein. Wir werden es schaffen. Aber wir haben Zeit

dafür." Er drückte ihr einen Kuss auf die Schläfe. „Ruh dich aus. Alles andere kann warten."

Sie genoss die Empfindungen, die blieben. Lust und Befriedigung waren viel besser, als allein zu grübeln.

Cassidy drückte ihr Gesicht an Jace' Halsbeuge und schloss die Augen.

13

Als Jace eineinhalb Stunden später am Esstisch saß, wusste er, dass er sich seinem Cousin gegenüber wie ein Arschloch benommen hatte, aber es war ihm wirklich egal.

Stephanie wusste vielleicht noch nicht, was er und Cassidy an diesem Nachmittag getan hatten, aber Blue wusste es auf jeden Fall. Und obwohl er Jace vielleicht den Anstoß gegeben hatte, den ersten Schritt zu machen, musste es dennoch wie Zitronensaft auf einer Papierschnittwunde sein, wenn man den langsamen/erfolglosen Plan bedachte, den Blue gerade verfolgte.

Grinste er? Auf jeden Fall, Jace grinste.

„Noch mehr Brötchen?" Er hielt den Korb vor Cassidy. „Du musst bei Kräften bleiben."

Sie sah ihn unter ihren Wimpern hervor an und verdrehte dann die Augen. Aber sie nahm ein Brötchen, bevor sie ihr Gespräch mit Stephanie fortsetzte. „Du hast heute Nachmittag mit Stacy gesprochen? Wie geht's ihr?"

„Sie steckt bis über beide Ohren in Kisten, also hat sie ihr Handy auf der Kommode im Kinderzimmer abgelegt.

Ich muss Thing 2 und Thing 3 ermutigen, die meisten ihrer zusätzlichen Klamotten in Kisten zu stopfen. Und ja, sie sind immer noch in ihrer Dr. Seuss-Phase"

„Was bedeutet, dass du viel Zeit damit verbracht hast, das Aufräumlied zu singen", vermutete Cassidy.

Blues Augen leuchteten auf. „Oh. Ich mag dieses Lied."

„Ich auch", sagte Stephanie begeistert.

Sie und Blue holten beide tief Luft –

„Wenn ihr beide beim Essen anfangt zu singen, schwöre ich, dass ich etwas finden werde, das ihr nicht gerne esst, und es morgen dreimal servieren", warnte Cassidy. „Und danach eine Woche lang jeden Tag."

Blue winkte ab. „Leere Drohungen. Mir schmeckt alles."

Stephanie jedoch interessierte sich plötzlich für die Decke. „Also, ähm. Vielleicht sollten wir über das reden, was beim Picknick passiert."

Blue runzelte die Stirn und veränderte seine Position, bis er Cassidy in die Augen sah.

Sie grinste fast wild zurück. „Steph hat ein paar Dinge auf ihrer Liste, die ich hervorholen kann, um gutes Benehmen zu bewirken."

„Du bist so gemein", beschwerte sich Stephanie, bevor sie sich nach vorn beugte und alle Neckereien verschwunden waren. „Aber ich meine es ernst. Das Picknick?"

Es war nicht seine Lieblingsidee. Jace verstand, dass die Ladys das Rudel kennenlernen und wissen mussten, wo die Timberwolf Lodge hier reinpassen würde. Aber da das Machtgefüge zwischen ihm und Del immer noch nicht im Gleichgewicht war, gab es zu viele Variablen, als dass er sich wohlfühlen konnte.

„Das Picknick wird ein Picknick", sagte Jace so ruhig

wie möglich. „Die meisten da sind gute Leute. Und Del wird nicht zulassen, dass euch was passiert."

Cassidy zog eine Augenbraue hoch. „Das klang wie Zähne ziehen."

„Es ist diese Sache mit der Balance", sagte er ihr. „Del ist kein schlechter Mann. Aber laut meines Wolfes ist er nicht da, wo er sein sollte."

Blue schob seinen leeren Teller zurück und sah Jace direkt in die Augen. „Ich werde bei ihnen sein. Ich verspreche, dass nichts passieren wird, solange ich da bin."

„Huckleberry." Stephanies Lächeln blitzte strahlend auf.

Jace' Cousin wackelte mit den Brauen. „Süß genug zum Vernaschen."

Der Würgereiz war zu stark, um ihn zu ignorieren. „Gah. Bitte. Ich versuche, mein Essen unten zu behalten", beschwerte sich Jace.

Der Rest des Abends verging schnell mit Abräumen, ein paar letzten Arbeiten und dann Zusammensitzen am Feuer, um Pläne für den nächsten Tag zu schmieden.

Jace bemerkte, dass Cassidys Blick auf ihm ruhte, und er nahm sich die Zeit, so nah wie möglich an sie heranzukommen. Er strich mit einer Hand über ihren Arm. Er legte sie über ihre Schultern und drückte sie, weil es sich richtig anfühlte, sie zu berühren.

Blue und Stephanie saßen an einer Seite des Feuers und diskutierten intensiv, was sie zum Potluck mitbringen wollten. Cassidy senkte ihre Stimme und neigte den Kopf zur Seite, während sie leise mit Jace sprach. „Bist du wirklich damit einverstanden, dass wir zu dieser Sache gehen?"

Er blinzelte. „Du hast es gesagt – es ist ziemlich wichtig,

nicht nur für die Verbindungen der Timberwolf Lodge, sondern auch für den Sohn deiner Freundin."

Ihr Blick blieb auf ihm. „Es *ist* wichtig. Aber zwischen dir und mir scheint auch etwas anzufangen, und du sollst wissen, dass ich mir bewusst bin, dass du dich dafür entscheidest, das laufen zu lassen. Ich verstehe vielleicht nicht alles über die Wolfsgemeinschaft, aber es fühlt sich wie ein ziemlich großes Zugeständnis an, uns gehen zu lassen, wenn du nicht dabei sein darfst. Und ich weiß das zu schätzen."

Seine Göttin war klug, intuitiv und so verdammt sexy, dass er gleich die Beherrschung verlieren würde. Er beugte sich vor und küsste sie zärtlich auf die Wange. „Dass du mit mir darüber sprichst, bedeutet mir viel. Ja, ich kämpfe gerade gegen ein paar Höhlenwolfinstinkte, aber ich bin auch an deiner Meinung zum Rudel interessiert."

„Als menschliche Beobachterin von außen?"

Oh, wie unschuldig ihre Frage war. Es würde nicht lange dauern, und sie würde das Rudel an seiner Seite führen. Sie würde sie auf all die Arten führen, die er nicht konnte, und ihre Fähigkeiten zum Wohle aller einsetzen.

Was für ein Nervenkitzel es wäre, diesen Moment endlich zu erleben.

Er begegnete ihrem Blick unverwandt. „Du bist mehr als ein Mensch. Vergiss das nicht. Überleg dir, was du für richtig und was für falsch hältst. Was entwickelt werden muss, was sich ändern muss."

Sie nickte nachdenklich. „Ich hatte vor, mir einen guten Eindruck zu verschaffen, auch ohne deine Aufforderung." Sie lächelte ihn wieder sexy an. „Ich hatte Spaß heute Nachmittag."

„Ich auch."

Sie legte eine Hand auf seinen Oberschenkel und drückte sanft. „Ich gehe jetzt ins Bett. Allein."

Sie war nicht bereit, mit beiden Füßen in eine Beziehung zu springen, und er verstand das. Er war auch noch nicht so weit. „Schlaf gut."

Sie verschwand im Haus, Stephanie folgte ihr bald darauf.

Er und Blue streckten ihre Beine aus und starrten in das knisternde Feuer. Stille breitete sich über sie aus, als die Kohlen leuchtend rot glühten und die Holzscheite langsam zu Asche zerfielen.

„Guter Tag?", fragte Blue.

„Guter Tag", nickte Jace. Er grinste seinen Cousin an. „Dem Jasper-Rudel wird das Hören und Sehen vergehen."

„Reiß dich einfach zusammen und fang keinen Krieg an, während wir beim Picknick sind", warnte Blue.

Jace schnaubte. „Bitte. Ich besitze durchaus Selbstbeherrschung."

Blue warf ihm einen Blick zu.

Das war alles, was er tat, aber er war offensichtlich nur einen Wimpernschlag davon entfernt, ihm die Zunge herauszustrecken. Und alles, was Jace denken konnte, war: Ja, mein Cousin kennt mich verdammt gut.

Besonders am Sonntag, kurz nach dem Mittagessen, als Blue und die Mädchen in den SUV stiegen und zum Picknick fuhren. Jace stand in der Auffahrt und winkte, bis das Fahrzeug über den Hügel verschwand.

Keine zehn Sekunden später hatte er seine Klamotten ausgezogen, sich in seinen Wolf verwandelt und sich in die Bäume geflüchtet.

Seine Gefährtin ging ohne ihn irgendwohin? Das kam nicht in Frage. Es war nicht so, dass er ihr nicht vertraute oder dass er Blue nicht vertraute. Er wollte nur selbst sehen, dass alles in Ordnung war.

Ja. Absolut keine Selbstbeherrschung, aber sei's drum.

Jace rannte.

~

Es war einfach ein Picknick, entschied Cassidy ein wenig enttäuscht. Nun ja, ein Picknick mit viel mehr Canidae als üblich.

Lachende Kinder in Menschen- und Wolfsgestalt rannten überall herum und spielten, während Erwachsene in kleinen Kreisen standen und sich unterhielten. Am Rand des Geschehens machten Teenager einander schöne Augen, und als Anstandswauwaus – kein Wortspiel beabsichtigt, wirklich! – abgestellte Erwachsene behielten sie im Auge. Es gab Tische voller Essen –

Okay, es gab doppelt so viele Tische und dreimal so viel Essen, wie sie je bei einem menschlichen Picknick gesehen hatte, aber, hey, gesunder Appetit bedeutete wahrscheinlich auch ein gesundes Rudel.

„Ist es für euch okay, wenn ich den Guide spiele?", fragte Blue.

„Du willst uns den besten Leuten vorstellen", vermutete Stephanie. „Was für mich in Ordnung ist, aber ich würde auch wirklich gern wissen, ob hier Lehrer sind. Stacy wollte, dass ich sie mir für sie ansehe. Vorbereitung für nächstes Jahr, so in der Art."

„Sicher." Blue sah sich in der Versammlung um und schwankte kurz, während er neugierigen Beobachtern zurückwinkte. „Ihr könnt damit rechnen, in Kürze von der WMA überrannt zu werden."

Cassidy zog eine Augenbraue hoch. „Ich weiß nicht, was das bedeutet."

„Wolf Mom Association", erklärte Blue. „Ein bisschen wie der Lehrer-Eltern-Ausschuss, aber viel furchteinflößender. Ihr müsst euch keine Sorgen machen, aber sie neigen dazu, erst in den Beschützermodus zu schalten und später nachzudenken."

„Wie Mütter das eben machen." Stephanie zuckte die Achseln. „Ich glaube nicht, dass du jemals bei einem Elternabend warst, sonst würdest du das Wort furchteinflößend nicht benutzen. Ehrlich, eine Karen oder ein Chad, die einen Wutanfall bekommen, können beeindruckend sein. Übelkeiterregend, aber beeindruckend."

Und dann waren alle Augen auf sie gerichtet, als Del vortrat.

Cassidy musste zugeben, dass er in Jeans und einem schlichten blauen T-Shirt, das zu seinen Augen passte, genauso gut aussah wie in dem teuren Anzug.

Er streckte ihr die Hand entgegen. „Freut mich, dass Sie es geschafft haben."

Sie schüttelte ihm fest die Hand und blickte dann vielsagend in die Runde. „Sie haben hier eine ziemliche Gruppe."

„Das Rudel wächst." Er richtete seine Aufmerksamkeit auf Stephanie, und wieder war da diese nächste Ebene der Aufmerksamkeit, die Cassidy unbehaglich machte. „Hallo, Stephanie. Ich habe mich gefragt, ob ich –"

Blue trat vor und schob mit seinem Oberkörper Dels Hand beiseite. „Hey, Boss. Du hast gesagt, du willst dich um die hier kümmern." Er hielt ihm die Handys entgegen, die er ihnen abgenommen hatte, bevor sie den Parkplatz verlassen hatten.

„Ja, gut."

Sobald Del die Handys genommen hatte, drehte sich Blue auf dem Absatz um, legte einen Arm um Stephanies Schultern und führte sie zur nächsten Frauengruppe. „Cassidy. Du solltest auch mitkommen. Jamie hat Kinder, die ungefähr so alt sind wie Stacys. Vielleicht willst du Hallo sagen."

„Ich bin gleich da", versprach Cassidy.

Dels Blick folgte Stephanie, so konzentriert, dass Cassidy diesmal ihren Körper so positionierte, dass er ihm die Sicht versperrte. „Gibt es da irgendwas, das ich wissen sollte?", fragte sie.

Del blinzelte, als wäre er überrascht, sie dort zu sehen. „Was? Oh, sie kommt mir nur bekannt vor."

„Waren Sie schon mal in Toronto?"

Er blinzelte erneut. „Nein."

„Dann haben Sie sie noch nie getroffen." Cassidy verschränkte die Arme vor der Brust, sah sich in der Gruppe um und spähte über ihre Schulter, um sicherzugehen, dass es Stephanie gutging.

Wie versprochen blieb Blue dicht an ihrer Seite. Währenddessen war Stephanie Stephanie und betörte mit ihrem Charme die Gruppe von Frauen um sie herum, die alle lachten und sich unbeschwert unterhielten.

Cassidy gegenüber holte der Alpha des Rudels tief Luft. Diesmal weiteten sich seine Augen, und er musterte sie genauer. „Verdammt. Der Bastard arbeitet schnell."

„Wie bitte?"

Die Falte zwischen Dels Brauen wurde tiefer, als er sich aufrichtete und weniger wie ein Geschäftsmann, sondern eher wie ein wilder Wolf aussah. „Jace. Ich kann ihn an dir riechen."

Oh. Ugh. „Und das ist nicht die Art von Gespräch, an

der ich interessiert bin. Privatsphäre – das ist eine wirklich gute Sache."

Seine Lippen zuckten, und ein bisschen von dem eleganten Anwalt kam zurück. „Es ist auch kein Konzept, in dem wir als Wandler sehr gut sind. Ich schätze, er hat dich nicht gewarnt, dass jeder hier wissen würde, dass ihr gefickt habt."

Wutanfälle waren nie gut. Cassidy wusste es, aber sie holte trotzdem aus, bevor sich ihr Verstand einschalten konnte.

Del versuchte, den Schlag abzuwehren, aber sie hatte tief und hart zugeschlagen.

Im nächsten Moment beugte er sich vor und hielt sich die Hoden. „Scheiße."

Sie legte eine Hand auf seinen Rücken und tätschelte ihn. „Es tut mir so leid. Ich wollte das wirklich nicht tun. Nun, ich wollte es tun, weil Sie ungemein unhöflich waren, aber ich hätte es nicht tun sollen, genauso wie Sie nicht unhöflich hätten sein sollen."

Del richtete sich auf, ein rötlicher Schimmer trat in das Blau seiner Augen. „Du bist unglaublich."

Nicht die Reaktion, die sie erwartet hatte. „Danke?"

Er zuckte zusammen und wiegte dann einen Moment lang die Hüften, bevor er zu einem nahegelegenen Tisch und Stühlen deutete. „Setz dich zu mir, damit ich mich entschuldigen kann. Und bitte. Lass uns Du sagen."

Cassidy blickte über ihre Schulter. Blue zeigte ihr Daumen hoch und zwinkerte, was entweder bedeutete, dass er nicht gesehen hatte, was sie getan hatte, oder, falls er es gesehen hatte, begeistert davon war. So oder so winkte sie zurück und setzte sich dann zu Del an den Tisch.

Er musterte sie einen Moment lang und senkte dann

das Kinn. „Du bist der Typ, der es schätzt, wenn man offen spricht, oder?"

„Absolut."

Sein Blick glitt über sie und wanderte dann zu Stephanie. „Du hast die Dynamik verändert. Du bist stark, und Wölfe schätzen Stärke. Das ist sehr attraktiv."

Das würde erklären, warum sie ihn anfangs so angestarrt hatte. „Aber was ist mit deiner Besessenheit mit Stephanie? Warum denkst du, dass du sie kennst?"

„Wolfswandler haben Gefährten. Glückliche Wölfe haben *Schicksals*gefährten – eine Art von Verbindung, die sie zu mehr als einem Paar macht. Sie verbindet sie auf einer inneren Ebene und macht eine Paarung zu etwas Spektakulärem."

„Das ist sowas wie eine Wolfsehe?"

„Aber besser. Als ich dich gesehen habe, habe ich kurz überlegte, ob ich dich anmachen sollte, denn zwei starke Wölfe geben ein großartiges Team ab." Er warf Stephanie einen Blick zu und holte tief Luft, als wollte er ihren Geruch auch aus der Ferne einatmen. „Sie ist nicht stark, aber sie riecht richtig. Sie riecht *fast* richtig. Ich versuche herauszufinden, ob sie meine Schicksalsgefährtin ist."

„Und wenn ja? Bedeutet das, dass du vorhast, sie zu schnappen und in deine Höhle zu schleppen?"

Diesmal sah er entsetzt aus. „Bitte. Wir sind Wandler, keine Neandertaler. Eine Paarung ist immer noch die Entscheidung beider Parteien. Schicksalsgefährten zu sein bedeutet, dass wir uns auf einer besonderen Ebene zueinander hingezogen fühlen, aber ich werde immer noch meine Gefährtin umwerben und für mich gewinnen wollen."

Gott sei Dank. Denn als Cassidy von Schicksalsgefährten gehört und an die seltsame

Anziehungskraft gedacht hatte, die von Jace ausging, fragte sie sich einen Moment lang, ob sie schon dem Kaninchenpfad gefolgt war und die rote Pille geschluckt hatte.

„Also ist Sex allein nicht genug?", fragte sie. „Um zwei Wandler zu dauerhaften Gefährten zu machen?"

Del streckte die Beine aus, verzog für einen Moment das Gesicht und seufzte dann tief. „Es geht nicht um Sex. Man kann auch ohne Sex Gefährten sein – obwohl die Paarung das auch besser machen soll. Paarung ist eine Wahl. Akzeptanz auf der Ebene des Herzens, des Geistes und der Seele."

„Das ist ziemlicher Hokuspokus", beschwerte sich Cassidy.

Er grinste. „Wir sind Wandler. Es steckt eine Menge Hokuspokus in der Tatsache, dass wir überhaupt existieren, findest du nicht?"

„Auf jeden Fall." Cassidy nickte. „Danke, dass du dir die Zeit genommen hast, das zu erklären."

„Dies ist ein ebenso guter Ort wie jeder andere, um etwas über Wandler zu lernen. Denn du wirst Teil der Gemeinschaft sein. Mit der Timberwolf Lodge und allem." Del blickte zur Seite und fing ein lachendes kleines Mädchen, das sich auf ihn warf. Er schwang es über den Kopf und etwas passierte. Plötzlich hielt Del anstatt eines Kleinkindes in einem rosa Sommerkleid einen zappelnden Wolfwelpen in den Händen.

Cassidys Herz raste, doch alles, was Del tat, war, anerkennend zu lachen, dann hob er die Kleine vor sein Gesicht, und stupste seine Nase gegen ihre. „Sehr gut gemacht", lobte er sie, während er das zappelige Wesen von dem rosa Stoff befreite. „Und wo ist jetzt deine Mama?"

„Tut mir leid, Del. Ich wollte nicht, dass sie dich stört."

Die junge Frau streckte ihre Arme nach dem Kind aus. „Komm her, Dixie. Dein Alpha unterhält sich mit jemandem."

„Welpen stören nie", sagte Del. Er übergab das Kind seiner Mutter und deutete dann auf Cassidy. „Sophie, das ist Cassidy. Sie wird die Timberwolf Lodge wieder eröffnen."

„Oh, das sind aufregende Neuigkeiten." Der Wolf in ihren Armen verwandelte sich wieder in ein quietschendes kleines Mädchen. Sophie rückte das kleine Mädchen so zurecht, dass es auf ihrer Hüfte saß. „Es ist so lange her, seit wir das letzte Mal dort waren. Tante Rachel hat immer die besten Schwimmpartys veranstaltet."

„Du bist jederzeit willkommen", sagte Cassidy. Ihr schwirrten die Ideen durch den Kopf, und sie lächelte Del an. „Das gilt für das ganze Rudel. Ihr seid alle eingeladen. Wie wäre es mit Mittwochabend? Die Lodge ist natürlich noch nicht fertig renoviert, aber der See ist da, und es gibt jede Menge Platz zum Laufen."

„Ich schwimme gern", erklärte Dixie.

„Das klingt toll. Danke." Sophie senkte ihr Kinn und lächelte sie beide an, bevor sie mit ihrem kleinen Mädchen ein Stück wegging und sie wieder anzog.

Cassidy sah einen Moment lang zu und drehte sich um, um zu bemerken, dass Del sie aufmerksam beobachtete. „Ist das okay? Dass das Rudel zum See kommt?"

Del nickte langsam. „Ich bin allerdings am Mittwoch beschäftigt. Bitte entschuldige, wenn ich nicht komme."

Oh. „Du bist nicht beschäftigt. Du willst nicht kommen, weil Jace da ist."

Er hob sein Kinn. „Wie schon gesagt, stark und klug. Du bist fast meine perfekte Frau."

„Was macht jemanden perfekt?"

Del folgte ihrem Beispiel, als sie aufstand. Er nahm ihre Hand und beugte sich darüber, bevor er ihr einen Kuss auf die Fingerknöchel drückte. „Stark, klug, schön – das sind alles wunderbare Eigenschaften, aber die Schlüsselkomponente, die eine Frau perfekt macht, ist, dass sie dazu bestimmt ist, mir zu gehören. Denn das bedeutet, dass ich dazu bestimmt bin, ganz ihr zu gehören."

„Das ist süß." Cassidy lachte, als er das Gesicht verzog. „Aber so ist es. Und weißt du was? Ich hoffe, dass du sie eines Tages findest. Ich bezweifle nur sehr stark, dass es Stephanie ist."

Er blickte in die nahen Büsche, verdrehte die Augen und ließ dann ihre Hand los. „Viel Spaß beim Rest des Picknicks. Wir sehen uns bald."

Er ging weg und kehrte zu einem Teil des Rudels zurück. Ein großer, starker Mann mit gequälten Augen und einem romantischen Herzen.

Cassidy wartete, bis er weg war, bevor sie sich umdrehte und in den Wald ging. Sie ging direkt auf Jace zu, der in Wolfsgestalt dort wartete.

Sie kniete nieder, schlang ihre Arme um seine Schultern und drückte ihre Stirn an seinen Wolf. „Ich habe keine Ahnung, woher ich wusste, dass du hier bist, aber ich wusste es."

Er leckte ihre Wange, und sie lachte und wandte ihr Gesicht ab, während sie ihre Finger in sein Fell grub und alle Stellen kraulte, von denen sie wusste, dass er dort gern gekrault wurde. Diese ganze Wolfsache war seltsam, aber etwas daran fühlte sich an wie nach Hause kommen.

Waren sie und Jace vom Schicksal füreinander bestimmt? Wer konnte das schon wissen?

Genau hier und jetzt war alles, worüber Cassidy sich Sorgen machen konnte.

14

─────────

„Gib mir noch ein Brett." Blue griff ohne hinzusehen hinter sich, und Jace legte ihm das Material in die Hand.

„Du leistest gute Arbeit", lobte er seinen Cousin, während er die schnurgeraden Kanten des Stegs bewunderte.

Blue griff wieder hinter sich, und sie fanden in einen Rhythmus, während sie sich langsam über die Stützen bewegten, die Blue an diesem Morgen errichtet hatte. „Es macht Spaß, mal was anderes als Möbel zu bauen", sagte er. „Nicht das, was ich diesen Sommer zu bauen erwartet hatte, aber es fühlt sich gut an."

Das tat es, da musste Jace zustimmen. Wieder einmal wanderte sein Blick weg und fand Cassidy an ihrem Arbeitsplatz. Unerwartete Veränderungen, aber sie fühlten sich so richtig an.

Es gab nichts weiter im Inneren der Lodge zu tun, bis die Baumaterialien eintrafen. Und da das Rudel auf Cassidys Einladung hin in weniger als 24 Stunden zum Schwimmen kommen würde, hatten die Mädchen ihre To-

135

do-Listen überarbeitet, um die Außenbereiche so einladend und sicher wie möglich zu machen.

So hatte Cassidy Jace am Tag zuvor die Arbeiten am Steg und am Spielplatz befohlen. Raue Stellen abschmirgeln, morsche Stützen ersetzen und dafür sorgen, dass es so wolfskindersicher wie möglich ist.

Er und Blue hatten auch Zeit mit einem geheimen Projekt verbracht, und alles fühlte sich wie echter Fortschritt an.

Cassidy und Steph pflanzten Blumen in die Hochbeete, die eine Seite der Feuerstelle umgaben. Jace hatte sie davon abgehalten, irgendwas Empfindliches irgendwo anzupflanzen, wo wilde kleine Wölfe es zertrampeln könnten.

Auch jetzt bewegte sich Cassidy mit einer Effizienz, die ihn lächeln ließ. Er wollte hinübergehen, sie hochheben und sich einen privaten Ort suchen.

„Du bist sowas von erledigt."

Er blickte auf und sah, dass Blue grinste. „Dir ist schon klar, dass ich größer bin als du."

„Das war nur eine Beobachtung." Blue legte seinen Hammer beiseite und blickte auf die fertigen Bretter unter ihren Füßen. „Gut gemacht, wenn ich das so sagen darf."

„Dein Problem sind nicht deine handwerklichen Fähigkeiten."

„Ich ein Problem?" Blue drückte einen Finger an seine Wange und überlegte. „Nein, glaube nicht, dass ich ein Problem habe."

„Führe mich nicht in Versuchung." Jace sah wieder den Ladys zu, unfähig, sich zurückzuhalten.

„Ich bin nicht derjenige, der dich verführt", stellte Blue fest. Er richtete sich weiter auf und blieb neben Jace stehen. „Wir müssen was planen. Dass das Rudel zum Schwimmen hierherkommt, ist eine gute Sache. Es zeigt allen, dass Cassidy Teil davon sein soll. Aber du kannst nicht ewig warten, Del herauszufordern."

„Ich weiß."

Nicht nur, weil es falsch war, Timberwolf Lodge und Cassidy im Ungewissen zu lassen, sondern weil Jace' Wolf die Geduld ausging. Die Balance musste angepasst werden, und zwar bald.

„Ich denke, du solltest die Party genießen." Blue sagte es wie eine Tatsachenfeststellung, und Jace richtete seine Aufmerksamkeit auf ihn. „Nur so eine Ahnung, aber ich denke, Mittwoch wird wichtig sein."

Gott sei Dank für Omega-Supersinne. „Mein Wolf wird sich freuen, wieder beim Rudel zu sein. Ich habe alle vermisst", gab Jace zu.

„Natürlich hast du das. Du bist ein Wolf. Ich weiß, du bist nicht immer der klügste Wolf, aber es gibt sogar einen Platz für muskulöse, starke, liebenswerte Dummköpfe wie dich."

Jace musterte seinen Cousin. „Ich weiß allerdings nicht, ob ich *dich* so sehr vermisst habe, jetzt, wo ich darüber nachdenke."

Blue grinste, aber dann wurde sein Gesichtsausdruck ernst. „Ich weiß, dass zwischen dir und Del wegen der Alpha-Sache noch eine Rechnung offen ist, aber was zum Henker ist mit ihm los? Warum verhält er sich den Ladys gegenüber so seltsam?"

Jace hatte darüber nachgedacht. „Cassidy ist stark. Jeder Wolf mit der Stärke eines Alpha wird davon angezogen. Stephanie? Ich weiß es nicht, aber er schnuppert definitiv hinter ihr her."

„Wenn er näher schnuppert, ramme ich ihm meine Faust in die Nase." Blue nahm seinen Hammer und ließ ihn kreisen, wobei er das unförmige Objekt auf einer Fingerspitze balancierte wie ein Basketballspieler, der einen Ball dreht.

„Habe ich gerade gehört, wie mein friedliebender Omega-Cousin, der Pazifist, den Alpha des Rudels bedroht hat?"

Blue nahm den Hammer fester in die Hand und blickte auf Jace hinab. „Kein Wolf ist wirklich ein Pazifist. Und wir reden hier über meine Gefährtin, auch wenn ich gerade keinen Anspruch erhebe. Wenn Del einen falschen Zug macht?"

Er wirbelte wie ein Blitz herum, drehte sich auf der Stelle und schleuderte den Arm nach vorn. Der Hammer flog ihm aus den Fingern, drehte sich um die eigene Achse, bis er mit einem dumpfen Geräusch landete, das Ende der Klaue 2,5 cm tief in den Adirondack-Stuhl neben der Feuerstelle gegraben.

Jace' Wolf billigte die blutrünstige Geste von ganzem Herzen. „Ich bin gleich neben dir, wenn nötig."

Blue richtete sich auf und deutete auf das Land. „Nach dir, Alpha."

Jace blieb am Stuhl stehen, um den Hammer aufzuheben. Er musste ein bisschen hebeln, um ihn herauszubekommen, so tief hatte er sich eingegraben. Ja, es war immer gut, Leute an seiner Seite zu haben, die man kannte und denen man vertraute.

Er ging zu Cassidy. „Sieht gut aus."

Sie richtete sich auf, und alles in ihm wurde warm, als sie ganz selbstverständlich einen Arm um seine Taille legte, um zurückzutreten und ihr Werk zu bewundern. „Mir gefällt der Farbtupfer. Aber danke für die Erinnerung, dass vielleicht ein paar mehr Füße auf dem Boden herumtrampeln werden, als ich erwartet habe."

Jace legte seinen Arm um ihre Schultern, als sie dort standen, und genoss die Verbindung umso mehr, weil sie sie initiiert hatte. „Es wird eine gute Party. Danke, dass du mich eingeladen hast."

Sie drehte sich um, bevor sie sich an ihn schmiegte und ihre Arme um seinen Oberkörper schlang. „Del hat gesagt, dass er nicht hier sein wird. Aber das löst das Problem nicht, oder?"

Er schüttelte den Kopf. „Blue hat mich daran erinnert, dass die Abrechnung ziemlich bald passieren wird. Aber nicht heute. Nicht morgen. Also lass uns das Rudel ein bisschen besser kennenlernen und Timberwolf Lodge wieder ein bisschen Action erleben lassen."

DER MITTWOCH DÄMMERTE SCHÖN und klar. Ein perfekter Junitag.

Cassidy starrte aus ihrem Schlafzimmerfenster auf den sattgrünen Wald und den strahlenden Sonnenschein und wunderte sich über das Gefühl, das in ihr aufwallte.

Vorfreude? Vielleicht etwas Größeres, als wäre sie eine Blume, die ihren Kopf durch den sonnengewärmten Boden steckt und kurz vor dem Aufblühen stand.

Stephanie stieß die Schlafzimmertür auf und steckte den Kopf herein. „Heute ist Partytag, Chica. Ich mach' die Waffeln, du machst den Kaffee."

Es fühlte sich so richtig an, zu viert in der Küche zu sein, wo sie geschäftig herumwuselten und Frühstück machten. Es war seltsam, wenn man bedachte, dass es kaum zwei Wochen her war, seit sie in der Lodge angekommen waren, aber in dieser Zeit hatten Stephanie und Blue eine amüsante Routine entwickelt und schnatterten wie Elstern, während sie das Frühstück zubereiteten.

Blue briet Speck – eine sehr ernste Angelegenheit, wie Cassidy gelernt hatte, für die mehrere gusseiserne Pfannen und etwa fünf Pfund Schwein erforderlich waren. Stephanie hatte Stapel von Waffeln auf der Theke an der anderen Seite aufgebaut.

Wie befohlen, kümmerte sich Cassidy um den Kaffee, denn, wie sich herausstellte, war sie die Einzige, die die alte Kaffeemaschine zum Laufen bringen konnte.

Und Jace –

Sie hielt inne und sah sich genauer an, was er tat. „Sind das Erdbeeren?"

Es war ein Haufen der kleinsten roten Früchte, die sie je gesehen hatte. Aber Blues zustimmendem Ton nach zu urteilen, schien ihre Vermutung richtig zu sein.

„Verdammt, du hast eine Menge gefunden." Blue nickte zustimmend und bekam dann ein Glitzern in den Augen.

„Denk nicht einmal daran, zu versuchen, meinen geheimen Fleck zu finden", warnte Jace. Er arbeitete eifrig und entfernte die winzigsten grünen Blätter. Er hielt inne und nahm eine der Beeren, die nicht größer war als ein kleiner Fingernagel. „Komm her."

Cassidy trat mit ausgestreckter Hand vor. Er schüttelte den Kopf und zog sie an sich, drückte eine Hand an ihren unteren Rücken und hielt sie fest, während er die Erdbeere an ihre Lippen hob. „Mund auf!"

Als die Beere auf ihre Zunge fiel, schloss sie die Lippen um seinen Finger und leckte den süßen Saft ab. Seine Pupillen weiteten sich, und ein Blitz von Hitze durchströmte sie, während der Geschmack in ihrem Mund explodierte. „Oh. Mein. Gott."

Jace' Blick fiel auf ihre Lippen. „Walderdbeeren. Alles Wilde ist einfach so viel besser."

Wie ihr wilder Wolf? Cassidy wollte noch einmal kosten.

Ihr unglaubliches sexuelles Erlebnis hatte sich nicht wiederholt, und in gewisser Weise fühlte es sich richtig an, nicht noch einmal vorzupreschen. Aber das Verlangen war da, und ihre Verbindung und das ganze Gespräch, das sie mit Del geführt hatte, gingen ihr immer wieder durch den Kopf.

Waren sie und Jace Gefährten? Was steckte hinter dieser Wolfsverbindung? Woher sollte sie wissen, ob das das Richtige war, und wie hatte das alles mit dem Rudel zu tun?

Die Fragen verfolgten sie nach dem Frühstück und in den Tag hinein, als sie die Vorbereitungen für ihre Gäste abschlossen.

Die ersten Rudelmitglieder trafen gegen elf ein. Familien mit Picknick-Kühlboxen machten sich auf den Weg zum sandigen Seeufer. Begrüßungen schallten über die Wiese, und herzliche Händedrücke wurden ausgetauscht, als Jace die Leute Cassidy und Stephanie vorstellte.

Fast jeder musterte Cassidy eingehend. Sie hatte nicht das Gefühl, dass es verurteilend war oder dass sie sie für ungeeignet hielten. Eher eine gesunde Neugier, gefolgt von einer Portion Anerkennung.

Es war immer schön, wenn Leute ihr zunickten, anstatt den Druck und den Mangel an Respekt zu spüren, dem sie in ihrem alten Job ausgesetzt gewesen war.

Und der Moment, als ein süßes kleines Mädchen angerannt kam und die Arme um Cassidys Knie schlang, war etwas ganz Besonderes.

„Na, hallo." Cassidy beugte sich hinunter, um Dixie durchs Haar zu streichen. „Ich erinnere mich an dich."

Dixie ließ los und streckte die Hände in die Luft. „Auf!", befahl sie.

Cassidy hob das kleine Mädchen hoch und hielt es mühelos fest. „Wo ist deine Mama?", fragte sie.

Der Kopf des Mädchens ruhte an Cassidys Brust, während Dixie den Daumen in den Mund steckte. Ein Schulterzucken folgte, doch dann zeigte sie zum Strandrand. „Dumme Leute."

Es dauerte nur einen Moment, bis sie Sophie entdeckte. Cassidy ging in ihre Richtung und bemerkte dann, dass ein paar Frauen Sophie in die Zange genommen hatten. Hände gestikulierten, wütende Stimmen waren zu hören, und Cassidy machte einen Umweg zu Stephanie.

Ihre Freundin, die sich mit einem älteren Paar unterhielt, das Liegestühle mitgebracht hatte und sich eine dicke Schicht Sonnencreme auftrug, blickte auf. „Was ist los?"

Cassidy neigte den Kopf zur Seite. „Das ist Dixie. Dixie, das ist meine beste Freundin Steph. Kannst du sie knuddeln? Ich muss mich kurz um was kümmern."

Wie das süße kleine Ding, das sie war, streckte Dixie die Arme aus. „Steph knuddeln!"

Stephanie kuschelte sie an sich und rieb ihre Nase an der des kleinen Mädchens. Sie machte nur ein gedämpftes Geräusch, als Dixie sich plötzlich in einen Wolf im Badeanzug verwandelte. „Okay, lass uns dich entwirren." Stephanie warf Cassidy einen Blick zu. „Alles in Ordnung?"

„Ich kümmere mich drum", versicherte Cassidy ihr. Sie kraulte Dixie am Kopf. „Sei ein braves Mädchen für Stephanie. Ich bin gleich wieder da."

Während sie geradewegs auf Sophie zumarschierte, konnte Cassidy ein paar ausgewählte Worte mithören. Wie sie vermutet hatte, belästigten die beiden Frauen Sophie.

„Hast du wirklich gedacht, wir würden es nicht herausfinden?"

„Du solltest es besser wissen, als zu versuchen, über deinen Rang hinaus zu klettern."

Oh, wie köstlich, dachte Cassidy. Eine der Zicken war Emma.

Direkt angreifen oder ihnen den Boden unter den Füßen wegziehen? Was für eine wunderbare Wahl, vor der sie stand.

Cassidy ging direkt zum Angriff über. „Hi, Sophie. Ich freue mich so, dass du hier bist!"

Sie blieb neben der anderen Frau stehen und legte ihr einen Arm um die Schultern, als wären sie schon immer beste Freundinnen. Sie warf den beiden anderen Frauen einen Blick zu und schnüffelte. „Oh, tut mir leid. Hab euch da gar nicht gesehen."

Neben ihr schwankte Sophie leicht und straffte dann die Schultern. „Hi, Cassidy. Dixie und ich haben uns wahnsinnig auf den Besuch gefreut."

„Dixie hat schon Hallo gesagt. Sie ist bei meiner Freundin", versicherte Cassidy ihr, bevor sie die beiden anderen Frauen angewidert ansah. „Emma, ich erinnere mich. Und du?"

„Denk ja nicht mal daran —", begann Emma.

Cassidy hob eine Hand. „Du solltest besser zuhören. Erstens habe ich nicht mit dir geredet. Zweitens hast du nicht wirklich etwas zu sagen, das ich hören möchte." Sie sah die andere Frau an und verlangte eine Antwort. „Dein Name."

„Jessica."

Jessica und Emma traten beide instinktiv zurück, als Cassidy einen Schritt auf sie zumachte. „Jessica. Emma. Ich habe das Rudel heute zu einer Party am See eingeladen, und ich nehme an, dass ihr als Angehörige des Rudels dabei sein wollt. Aber wenn ihr euch nicht benehmen könnt, ziehe ich eure Einladung zurück und ihr könnt gehen."

Emma schnaubte. „Du und welche Armee wollen das schaffen?"

Oh, die Frau hatte so ein schlechtes Gedächtnis. Cassidy ignorierte Jessica und Emma, wandte ihnen den Rücken zu und sah Sophie an. „Sag mir, wenn ich mich irre, aber haben diese beiden dich belästigt?"

Sophie straffte erneut ihre Schultern. „Das haben sie. Es ist teilweise meine Schuld, denn ich muss lernen, für mich selbst einzustehen."

„Nun, für sich selbst einzustehen ist gut, aber wenn andere sich nicht wie Idioten aufführen würden, müsstest du das nicht", stellte Cassidy fest.

Hinter ihr legte Emma eine Hand auf Cassidys Schulter.

Es war ganz leicht, einen Arm nach hinten zu ziehen, ihr Gleichgewicht zu finden und ihre Hüfte zu benutzen. Es war keine Sekunde vergangen, bevor Emma flog, auf dem Boden aufschlug und nach Luft schnappte.

Diesmal trat Cassidy auf Emmas Handgelenk, um sie festzuhalten. Dann warf Cassidy einen Blick auf Jessica. „Deine Entscheidung. Such dir andere Leute, mit denen du abhängen kannst, oder verschwinde von meinem Land."

Die andere Frau rannte. Den Strand entlang und in eine andere Gruppe von Rudelmitgliedern.

Ein Prickeln in Cassidys Nacken ließ sie in die entgegengesetzte Richtung blicken. Ein warmes Glühen erwachte in ihr, als Jace und Blue auf sie zukamen.

„Hey, Leute", sagte Cassidy zur Begrüßung. Emma wand sich, aber Cassidy verlagerte nur mehr Gewicht auf ihren Fuß. „Ist das was, worum ihr euch kümmern solltet?"

Jace blieb stehen und sah auf die Frau am Boden hinunter, die sie mit Dolchen im Blick anstarrte. „Du siehst aus, als würdest du damit gut klarkommen."

„Ich wollte mich versichern, dass ich keine Grenzen überschreite, wenn ich Emma rauswerfe."

Blue trat ein und legte einen Arm um Sophie. „Alles in Ordnung, Süße?"

Sie nickte. Dann schob sie ihn zurück und lächelte Jace an. „Herzlichen Glückwunsch!"

Er hob eine Hand und hustete dann leicht. „In diese Richtung gibt es noch nichts zu sagen."

„Aber das wird es. Ich weiß es." Sophie stieg über Emma hinweg und umarmte Cassidy. „Danke. Oh, und Dixie würde später gern mit dir schwimmen, wenn das okay ist."

„Ich freue mich darauf." So seltsam es auch schien, es fühlte sich auch unglaublich richtig an. Cassidy drückte Sophie einen Kuss auf die Schläfe und wies sie dann in die Richtung, wo Stephanie eine Sandburg baute, während ein begeisterter kleiner Wolf auf die Türme sprang.

Inzwischen hatte Blue Emma auf die Füße gezogen und stand nun neben ihr wie ein fauler, aber aufmerksamer Wachhund. „Komm mit, Emma. Ich begleite dich zu deinem Auto."

Einen Moment lang schien es, als wollte Emma widersprechen.

„Oh, bitte sag mir, dass du das noch ein bisschen länger diskutieren willst", sagte Cassidy. „Es würde mir eine Menge Freude bereiten, dir zu erklären, dass es nicht so laufen wird."

Ein Anflug von Wut blitzte in Emmas Augen auf. Aber sie senkte das Kinn und den Blick, dann nickte sie. „Ich entschuldige mich für mein Benehmen.”

Sie drehte sich auf dem Absatz um und ging; Blue schlenderte ihr hinterher.

Cassidy sah ihr nach. „Das war seltsam.”

„Das war Rudelverhalten”, bemerkte Jace.

„Es tut ihr nicht wirklich leid.”

„Nein, überhaupt nicht.”

„Sie wird noch mehr Ärger machen.”

Jace grinste und streckte eine Hand aus. „Und wird das nicht lustig?”

Als er sie den Strand hinunter zu der Stelle führte, wo ein Volleyballspiel angefangen hatte, erkannte Cassidy, dass er recht hatte.

Sie freute sich darauf, Emma die Abreibung zu verpassen, die sie verdiente. Was für eine bizarre und doch absolut perfekte Vorfreude.

Timberwolf Lodge entwickelte sich zu einem sehr unterhaltsamen Erlebnis.

15

Jace hatte das vermisst. Viel mehr, als er sich vorgestellt hatte.

Umgeben von Rudelmitgliedern, der Duft von gegrillten Hamburgern und Hotdogs in der Luft, das Stimmengewirr und Gelächter überall – das hatte er vermisst.

Während er weggewesen war, hatte er Gelegenheit gehabt, mit anderen Wölfen Zeit zu verbringen, aber es war nicht zu Hause gewesen. Nicht seine Wölfe.

Heute war ein Tag für Spaß, aber irgendwann, sehr bald, würden er und Del sich gegenüberstehen und es offiziell machen müssen, denn Jace würde das nicht aufgeben. Nicht die Chance, Anführer eines Rudels zu sein, und nicht die Chance, es mit Cassidy zu führen.

Er war in Gedanken versunken, erkannte Jace, als er am Ende des Stegs stand. Es war ein großartiger Ort, um das große Ganze zu beobachten, aber ehrlich gesagt ein gefährlicher Ort, um herumzustehen, ohne wachsam zu sein.

Eine Tatsache, an die er abrupt erinnert wurde, als zwei

Teenager von der anderen Seite des Stegs auf ihn zustürmten.

Einen Moment lang schwankte Jace mit einem Fuß auf der Holzoberfläche, der andere in der Luft, dann klatschten sie alle drei wie eine Kanonenkugel in den See.

Die Kinder tauchten mit Freudenschreien auf.

„Wir sind der Hammer." Cora streckte eine Hand in die Luft, und Danny gab ihr ein High-Five.

Jace strich sich die Haare aus den Augen und grinste amüsiert über ihren Mut. „Rotzgören."

„Ja", stimmte Danny zu und duckte sich unter der Wasserfontäne, die Jace auf ihn abfeuerte.

Oben am Ufer hellte sich Cassidys Blick auf, als er seinem begegnete. Jace starrte zurück, erfreut darüber, wie viel Freude sie ins Universum aussandte, einfach, indem sie mit dem Rudel zusammen war.

Im seichtesten Teil des Sees kletterten die jüngsten Kinder über Marvin. Blue half dabei, die Kinder zu beaufsichtigen und hochzuheben, weil Marvin in Elchgestalt war. Kinder kletterten an seinen Beinen empor und rutschten dann mit Freudenschreien von seinem Rücken ins Wasser.

Die kleine Dixie sprang wie eine Grille unter Marvins Kopf auf und ab und streckte die Arme nach oben, bis ihre Finger an seinem Kehlsack Halt fanden. Jace spannte sich an, aber Blue war für alle Fälle da.

Nicht, dass das nötig gewesen wäre. Marvin senkte den Kopf, wie Dixie es verlangte, und stand dann absolut still, als das kleine Mädchen an ihm hochkletterte. Sie trat ihm auf die Nase und dann zwischen die Augen und drehte sich um, um sich hinter sein Geweih zu setzen.

Sie hob ihre kleinen Hände in die Luft und hoppelte begeistert. „Los, Elchi!"

Jace und Cassidy tauschten erneut amüsierte Blicke, und etwas anderes traf ihn heftig und schnell.

Mit Cassidy zusammen sein? Das würde auf jeden Fall passieren. Das Rudel anführen? Früher als später. Kinder irgendwann in der Zukunft? Er war noch nicht bereit dafür, aber er wollte auf jeden Fall welche.

Er wollte verdammt noch mal alles.

Der blaue Himmel wich dem Sonnenschein, der durch strahlend weiße Streifen schimmerte, und als es Zeit für das offizielle Abendessen war, bedeckten hohe Gewitterwolken den Himmel von einer Seite des Horizonts zur anderen.

Jace fand Cassidy, die mit Steph, Sophie und einigen der Ältesten des Rudels Hof hielt.

Die Ladys grinsten ihn wissend an, als er sich so nah wie möglich an Cassidys Seite schob.

„Schön, dich wiederzusehen." Mary Daccoda lächelte begeistert. „Wie gefällt es deinen Eltern in den Seeprovinzen?"

Auch ein Teil dessen, in der Gemeinde aufgewachsen zu sein. Jeder kannte jeden, auch wenn seine Eltern ungefähr zu der Zeit weggezogen waren, als Jace aufs College gegangen war. „Dad hat überlegt, Hummerfischer zu werden, aber Mom will lieber, dass er seine Pfoten sicher am Ufer lässt. Stattdessen geben sie Führungen durch das Anne-auf-Green-Gables-Haus."

Mary lachte. Sie neigte den Kopf in Cassidys Richtung und zwinkerte dann. „Vielleicht haben sie bald einen Grund, uns zu besuchen."

Er behielt seine gelassene Miene bei. „Es ist schön, euch alle wiederzusehen. Bitte entschuldigt uns."

Jace legte seine Finger um Cassidys und zog daran.

Sie lehnte sich an ihn, behielt aber ihre

Aufmerksamkeit auf der Frau vor sich, bis sie fertig gesprochen hatte.

„Klingt nach einer Menge Spaß", sagte Cassidy zu der Frau. Parker? Paller? Irgendwas in der Art. „Wir werden Stacy auf jeden Fall auch Bescheid sagen. Stephs Schwester und ihre Jungs werden in weniger als einer Woche hier sein. Ich weiß, sie sind wahnsinnig aufgeregt, andere in ihrem Alter kennenzulernen."

„Ich werde dafür sorgen, dass du die Informationen bekommst, wann und wo", versprach Sophie.

Jace stand im Mittelpunkt der weiblichen Aufmerksamkeit. Ein halbes Dutzend fragender Blicke musterte ihn von oben bis unten. Ein paar Frauen bemerkten, dass seine und Cassidys Finger miteinander verschränkt waren, und lächelten.

Stephanie winkte ab. „Geh und mach, was du willst. Sophie und ich werden große Pläne für ein ..."

Ein Blitz zuckte über den Himmel, Sekunden später folgte ein gewaltiger Donnerschlag.

„Es hieß, dass der Sturm vor Einbruch der Nacht hier sein würde." Mary blickte erwartungsvoll auf, als weitere Blitze über den Himmel zuckten, zusammen mit auffrischendem Wind. „Das ist mein Stichwort, nach Hause zu gehen, bevor es anfängt zu regnen. Danke für den Spaß, Cassidy. Stephanie. Timberwolf Lodge wird unter eurer Leitung gut laufen."

„Danke für das Vertrauen", sagte Stephanie. Sie blickte auf, als es erneut krachte. „Boah. Das ging schnell."

Alle, die sich am Strand versammelt hatten, zerstreuten sich schnell. Campingstühle wurden zusammengeklappt, Picknickkörbe geschlossen, Kinder hochgehoben oder zu den Autos gescheucht. Andere aus dem Rudel zogen sich aus und stopften ihre Kleidung in die Kisten am Rand des Sandstrandes, die Blue dort am Morgen hingestellt hatte. Sie wandelten und rannten dann, als einzelne Wölfe, Paare oder Familien, zwischen die Bäume und nach Hause.

„Das ist so unglaublich." Cassidy lehnte sich an ihn. Ihre Augen weiteten sich, als sie mit großem Interesse zusah. „Ihnen wird nichts passieren?"

„Sie sind Wölfe", erinnerte er sie. „Ihnen wird nichts passieren." Es ist ziemlich aufregend, bei einem Sturm draußen zu sein – obwohl mein Wolf kein Fan von nassem Fell ist."

Einen Moment später waren der Strand und die Wiese fast leer, was gut war, denn der Himmel öffnete seine Schleusen, und der Regen fiel wie aus Kübeln.

Klatschnass zog Cassidy Jace mit zum Haus. „Komm."

Er blieb stehen. „Angst vor ein bisschen Wasser?"

„Auf keinen Fall." Sie wirbelte herum, und ihr klatschnasses Haar flog herum, als sie sich drehte. „Ich liebe den Regen. Du bist derjenige, der gesagt hat, dass du schmilzt, wenn du nass wirst."

„Oh, eine Herausforderung?"

Sie grinste ihn an, und Rinnsale von Wasser strömten ihr über das Gesicht.

Er hob ihre Finger an seine Lippen und küsste sanft ihre Knöchel, bevor er seinen Kopf in Richtung Wald neigte. „Dann komm. Ich muss dir was zeigen."

In den Wald zu gehen, während ein Sturm auf sie niederprasselte, musste eine der impulsivsten Ideen gewesen sein, auf die Cassidy sich je eingelassen hatte.

Aber die Aufregung in ihr passte zu dem wachsenden

Verlangen, und sie rannte mit der Begeisterung eines Teenagers am letzten Schultag neben Jace her.

Es war ein guter Tag gewesen. Nein, es war ein großartiger Tag gewesen. Ihr war aufgefallen, dass einige der Rudelmitglieder, die sie am Sonntag kennengelernt hatte, nicht aufgetaucht waren. Sie mussten diejenigen sein, die Del als Alpha unterstützten.

Aber alle, die an diesem Tag zur Timberwolf Lodge gekommen waren, waren positiv und freundlich gewesen – nachdem sie sich mit Emma und ihrer zickigen Freundin befasst hatte. Wie jemand gemein zu Sophie sein konnte, konnte Cassidy nicht fassen.

Aber diese Welt verschwand, als Jace sie am Waldrand entlang führte, anstatt tiefer in den Wald vorzudringen.

„Du führst mich in einem großen Bogen", warf sie ihr vor.

„Es gibt einen Grund, und der wird dir gefallen", versprach er.

Ihre Klamotten waren durchnässt. Über ihnen bot der Himmel weiter eine schillernde Lichtshow mit dröhnenden Soundeffekten dar. Ein besonders heller Blitz erhellte die Welt, als Jace neben einer Leiter stehenblieb.

Über ihren Köpfen war ein mehrstöckiges Baumhaus. „Im Ernst?"

Er deutete auf die Leiter. „Wir hatten hier vor Jahren eines. Blue und ich haben die letzten Abende damit verbracht, es zu reparieren. Wir wollten es fertig haben, bevor Stacys Kinder hier ankommen. Kinder brauchen ihren eigenen Raum."

Cassidy achtete darauf, dass sie die glatten Sprossen fest im Griff hatte, während sie hinaufkletterte. Als ihr Kopf durch die Klapptür in das Baumhaus ragte, pfiff sie bewundernd. „Verdammt. Jetzt will ich auch ein Baumhaus."

Jace drängte sich hinter ihr her und grinste, während er die Klappe hinter ihnen schloss und den Wind abhielt. „Wenn du eine gute Tante bist, lassen sie es dich vielleicht manchmal benutzen."

In der Ferne zuckte ein weiterer Blitz, das grelle, weiße Licht erhellte den Innenraum. Das Baumhaus war einfach, aber es gab ein paar Regale und einen Haufen Kissen auf einer Matratze. Cassidy konnte sich schon vorstellen, wie viel Spaß die Jungs beim Spielen hier haben würden.

Sie setzten sich auf den Boden. Jace schmiegte sich an sie und drückte ihr einen Kuss auf die Seite ihres Halses. „Du warst heute unglaublich."

All die Schauer und sexy Gedanken, die sie jedes Mal gehabt hatte, wenn sie ihn an diesem Tag gesehen hatte, kamen wieder hoch. Cassidy streifte ihm das nasse T-Shirt vom Leib und zog es ihm über den Kopf. Die Wärme seines Oberkörpers an ihren Fingerspitzen war wie ein Hochofen. „Ich will dich."

Er zog ihr Top aus und drückte dann seine Handflächen an ihre Wangen und küsste sie zärtlich. Ihre Lippen, ihr Kinn. Die süße Stelle unter ihrem Ohr. „Du hast mich."

Das Ausziehen ihrer nassen Kleidung dauerte besonders lange, weil sie sich immer wieder ineinander verhedderten. Hände, die eigentlich beim Ausziehen helfen sollten, hielten inne, um zu streicheln. Um zu necken.

Draußen tobte der Sturm, Donner grollte über ihnen. Doch drinnen loderte die Hitze. Jace streichelte ehrfürchtig ihre Brüste, zog sie an sich, bis er ihre Brustwarzen schmecken und daran knabbern konnte. Er setzte sich auf und zog sie auf seinen Schoß, und sie schlang ihre Arme um seine Schultern und schmiegte sich an ihn.

Cassidy schloss die Augen, und etwas Wildes regte sich in ihr. Das Gefühl, in Jace' Armen zu sein, vermischte sich irgendwie mit Bildern von laufenden Wölfen. Als er ihre Haut streichelte, spürte sie den Wind durch ihr Fell gleiten.

Als er sich zurücklehnte und sie auf sich zog, wusste sie, dass sie mit ihm im Baumhaus war. Heiß und erregt und brennend vor Verlangen und Lust. Sie wiegte ihre Hüften, die dicke Länge seines Schwanzes glitt unter sie. Eine Versuchung, die sie gierig genießen wollte.

Doch da war auch das Gefühl von Steinen und Erde unter ihren Pfoten. Der frische Geruch von Ozon vom Sturm in ihrer Nase. Das leise Heulen eines Wolfes, der nach seiner Gefährtin ruft.

Sie senkte den Blick und sah das tiefe Blau seiner Augen, das silbrig schimmerte. Sah seinen Wolf. „Du bist wunderschön", flüsterte sie.

Er grub seine Finger in die Haut an ihren Hüften und wiegte sie über sich. „Ich gehöre dir."

Sie nahm ihn in einer fließenden Bewegung in sich auf und hielt ihn fest. Es war, als wäre sie vom Sturm erfüllt. Die Lust schoss ins Unermessliche, und sie schwelgte in den sinnlichen Empfindungen, die innerlich und äußerlich auf sie einstürmten. Cassidy staunte über die Bilder von zwei Wölfen in ihrem Kopf, einer weiß und der andere graugesprenkelt. Wölfe, die einander liebten und umeinander verschlungen waren.

Er – und sie. Unmöglich, magisch.

Perfekt.

Jace rollte sich auf sie und schlang seine Arme um sie. Während ihre Körper noch immer eng miteinander verbunden waren, nahmen seine Lippen ihre mit einem

Verlangen, das über das Menschliche hinausging. Cassidy erwiderte seinen Kuss. Sie hielt ihn fest, akzeptierte das Nehmen und gab so viel, wie sie bekam, und gemeinsam erreichten sie immer höhere Höhen, dem Moment der Explosion entgegen.

Er gehört mir.

Der Gedanke kam, als die Lust seinen Namen von ihren Lippen riss.

Jace vergrub sein Gesicht an ihrem Hals und knurrte, als der Orgasmus die Kontrolle übernahm. Pulsierend, wellenschlagend. Ein Ganzkörpererlebnis, das sie ineinander verschlang und sie keuchend in die Arme des anderen sinken ließ.

Als Cassidy schließlich blinzelnd die Augen öffnete, sah sie Jace, der sie angrinste. Er strich ihr das Haar hinters Ohr. „Hallo."

Er lag auf dem Rücken auf dem Boden des Baumhauses. Sie benutzte ihn als Matratze, ihre Hände auf seine Brust geschmiegt. Unter ihren Handflächen schlug sein immer noch pochendes Herz in wildem Tempo.

So viel zu verarbeiten. So viel noch zu verstehen. „Das war ziemlich toller Sex."

„Dem kann ich nur zustimmen." Er zog sie höher, bis er sich an ihren Hals schmiegen konnte. „Gott, ich liebe deinen Geruch. Macht mich einfach wild."

„Gib mir fünf Minuten", warnte sie.

Jace lachte. „Das soll mein Spruch sein."

„Hey, ich bin es nicht gewohnt, beim Sex Visionen zu haben."

Sein Lächeln wurde breiter. „Schön zu wissen, dass ich was Neues ins Spiel bringe."

Sie starrte ihn an, die Freude und das Vergnügen

machten Ernsthaftigkeit Platz. „Das ist kein gewöhnlicher, alltäglicher toller Sex, oder?"

Er drehte den Kopf ein wenig. „Nein. Aber das will ich auch nicht. Du?"

Die Verbindung zwischen ihnen wurde immer stärker. Cassidy konnte es nicht leugnen.

Wollte es nicht.

Es schien seltsam, direkt zu fragen, aber nur so konnte sie sicher sein. „Sind wir Gefährten? Vom Schicksal bestimmt oder sonst irgendwie?"

Jace zögerte nicht. Er richtete sich auf, bis sie auf seinem Schoß saß und er seine Arme um sie gelegt hatte. „Ja. Aber das heißt nicht, dass das alles ohne dich entschieden ist. Ich bin an Bord – voll und ganz. Die Entscheidung liegt bei dir. Wann immer du bereit bist."

Es geht zu schnell. Das war Cassidys erster Gedanke, und es stimmte.

Aber sie drückte ihre Hand an seine Wange und starrte in diese wunderschönen Augen, wissend, dass Nein nicht die ganze Antwort war. „Ich bin fast da", sagte sie.

Ihre Worte hätten ihn verletzen können. Er hätte versuchen können, zu argumentieren oder sie zu überzeugen, aber stattdessen lächelte er.

„Das freut mich. Wie gesagt, wann immer du bereit bist", wiederholte er. „Ich werde da sein, um dich aufzufangen. Für immer und ewig."

Jace drückte sie an sich, und Cassidy hielt sich an ihm fest. Ihre Herzen schlugen im Gleichtakt, als sie hoch oben in den Bäumen saßen und es um das Baumhaus in Strömen regnete.

Sie hielt sich an ihm fest und hoffte.

16

„Sag mir, dass das nicht das übliche Wetter hier ist." Stephanie kam ins Wohnzimmer und ließ sich dann neben Blue auf das Sofa fallen. „Ich bin keine Ente. Das wäre schönes Wetter für eine Ente, aber ich bevorzuge eine Luftfeuchtigkeit, die unter 100 % liegt."

„Das ist nicht typisch für die Gegend", versicherte Blue ihr. Er hielt ihr die Zeitschrift entgegen, in der sie nach Möbelideen suchten. „Was gefällt dir besser, mit oder ohne Armlehnen?"

Stephanie seufzte theatralisch und rutschte dann näher, um die Optionen abzuwägen. „Wenigstens haben wir was zu tun, während wir darauf warten, dass der Regen aufhört."

„Abgesehen von den Dingen draußen, die nicht erledigt werden." Cassidy drehte sich um und starrte wieder aus dem Fenster, wobei sie sich eingestand, dass sie schmollte. „Wir sind so gut vorangekommen."

„Wir haben Zeit", versicherte Steph ihr. Sie setzte sich auf und klopfte auf den freien Platz neben sich. „Komm her. Blue und ich haben heute Morgen geredet, und ich glaube, er hatte eine gute Idee."

Die beiden redeten immer, was Cassidy ziemlich süß fand.

Blue war so ernst und doch unbeschwert. Es war schön, ihn um sich zu haben. Besonders in den letzten Tagen, als er ein deutlicher Kontrast zu Jace gewesen war. Der im Moment nicht da war, weil er sich davongeschlichen hatte, um die grüblerische Alpha-Nummer zu machen, nahm sie an.

Der Moment, den sie im Baumhaus geteilt hatten, war magisch gewesen – im wahrsten Sinne des Wortes. Und jetzt, Tage später, lief es immer noch sehr gut zwischen ihnen, aber Jace schien abgelenkt. Noch mehr als sie.

Sie schüttelte den Kopf und wandte Steph ihre Aufmerksamkeit zu. „Tut mir leid."

„Schon okay." Stephanie klopfte auf ihr Bein. „Hier ist, was wir uns gedacht haben. Stacy kommt in den nächsten Tagen. Je nachdem, wie das Wetter ist, wird sie den Kindern ein bisschen Zeit geben wollen, sich einzuleben, damit sie sich hier zu Hause fühlen. Blue meint, dass die Sachen, die wir für die Renovierung im Haus bestellt haben, am Freitag nach dem Canada Day geliefert werden sollten."

„Noch eine Woche", brummte Cassidy.

„Das ist genug Zeit für uns, um die Räume vorzubereiten, die renoviert werden müssen", sagte Blue. „Wenn wir uns den ganzen Juli Zeit nehmen, um das Haus und ein paar der Cottages so weit wie nötig fertig zu machen, könnten wir Buchungen für die letzte Augustwoche und das lange Feiertagswochenende im September anbieten. Nur für ein paar der alten

Stammkunden, die Interesse bekundet haben, vorbeizukommen."

„Wir haben ein Jahr Zeit, um uns zu beweisen", erinnerte Stephanie sie. „Ich finde Blues Idee gut. Wir holen die ersten Familien her, bekommen ihr Feedback dazu, was verbessert werden muss, und dann verbringen wir den Rest des Herbsts und Winters damit, alles auf Hochglanz zu bringen."

„Wintergäste gibt es auch. Besonders Wölfe. Die nächsten Gäste könnten also im Dezember oder über die Feiertage kommen." Blue hob die Hände. „Ist das ein Plan?", überlegte Cassidy. Abgesehen vom Baumaterial, das sie kauften, waren ihre derzeitigen Ausgaben gering. Es war ja nicht so, als müssten sie sich abmühen, um die Miete zu bezahlen. Und da Jace die Solaranlage wieder angeschlossen hatte, die abgeschaltet worden war, würde die Stromrechnung auch nicht sonderlich hoch ausfallen. „Ich sehe ein, dass es klug ist, ein soft Opening zu machen. Ich würde aber gern zumindest eine Gruppe zu Thanksgiving herbringen, wenn das möglich ist. Und dann ein paar Wintergäste, während wir uns mit dem Ablauf anfreunden."

„Mir gefällt das." Stephanie nickte. „Und auch für Stacy ist es gut, weil sie Zeit hat, sich um die Jungs zu kümmern mit der neuen Schule und allem, ohne den Druck, für ein volles Haus kochen zu müssen."

„Und dein Spa?", fragte Cassidy.

Ihre Freundin strahlte. „Ich werde nicht sofort zu Beginn alles bereit haben, aber ich werde es langsam und stetig angehen. Wenn wir Gäste haben, kann ich was arrangieren, um ihren Aufenthalt zu etwas Besonderem zu machen."

Obwohl es draußen regnete, hellte sich Cassidys

Stimmung auf. „Okay. Wir müssen herausfinden, ob Jace in der Lage sein wird –"

Sie verstummte. Was sollte sie sagen? Ob Jace in der Lage sein wird zu bleiben? Ob das Rudel wieder eine Balance finden würde?

Wenn er bis dahin nicht tot war?

Blue stand auf, und plötzlich fand sich Cassidy in einer Umarmung wieder. Sehr brüderlich, sehr tröstend.

„Alles wird gut. Ihm wird's gut gehen", versicherte Blue ihr.

„Das glaube ich. Aber ich möchte auch wissen, ob es Del gut gehen wird, denn die ganze Sache mit dem Sich-gegenseitig-Gliedmaßen-rausreißen finde ich nicht so toll."

Und je länger es dauerte, bis die Sache geklärt war, desto schlechter fühlte sie sich.

Die schwere Haustür flog auf und prallte von der Wand ab. Sie drehte sich um, um zu fluchen, doch da sah sie Jace hereinkommen. Seine Augen glühten rot.

Blue warf die Hände in die Luft und wich vor Cassidy zurück, als wäre sie eine heiße Kartoffel.

Oh, verdammt, nein.

Cassidy ging Jace in der Mitte des Raumes entgegen und ballte die Hand in seinem Hemd zur Faust. „Wenn auch nur eine einzige deiner Gehirnzellen dazu neigt, Blue dafür wehzutun, dass sie mich umarmt hat, kannst du mit Ärger rechnen."

Jace hob sie hoch, warf sie über seine Schulter und stürmte die Treppe hinauf.

„Verdammt, Jace. Lass mich runter! Was zum Teufel ist los mit dir?"

Er schob sich durch die Tür ihres Schlafzimmers, ließ sie auf die Matratze fallen und ließ sich auf ihr nieder.

Dann vergrub er das Gesicht an ihrem Hals und atmete tief ein.

Es machte sie wütend, wie sehr ihr das gefiel. „Ich bin gerade sauer auf dich", erklärte sie. „Hör auf, Zeug zu machen, das mich schmelzen lässt, wenn ich wütend auf dich bin."

Er flüsterte etwas so leise, dass sie nicht hörte, was er sagte.

Cassidy fuhr mit den Fingern durch sein Haar und zog daran, zog seinen Kopf weit genug nach hinten, dass sich ihre Blicke trafen. „Was?"

„Ich habe die Herausforderung ausgesprochen. Del und ich treffen uns morgen Abend, um zu entscheiden, wem die Führung des Rudels zusteht."

Oh, verdammt.

„Okay." Cassidy nickte, ließ seine Haare los und streichelte ihn. Sie fuhr mit den Fingern durch sein Haar und streichelte ihn, während er sich wie eine riesige Hauskatze an ihr rieb. „Okay."

Weil es so sein musste. Es musste auf jeder Ebene okay sein, denn Cassidy konnte sich eine Welt ohne Jace nicht vorstellen. Diese Welt, in die sie sich in unglaublich kurzer Zeit verliebt hatte.

Er hielt sie und streichelte sie, und eins führte zum anderen, bis sie miteinander verschmolzen. Sie gaben einander und nahmen, was sie brauchten.

Es änderte nichts daran, was passieren würde, aber es machte das Hier und Jetzt zu dem, was es sein sollte.

Am nächsten Morgen saßen sie am Frühstückstisch, als Stephanie die alles entscheidende Frage stellte. „Wo soll es passieren?"

„Ich habe ihn herausgefordert, also sucht Del den Ort aus. Er hat Wilsons Wiese gewählt." Seine Hand drückte

Cassidys Oberschenkel. „Alles wird gut. Ich habe einen Plan."

Gut, dass einer von ihnen einen Plan hatte. Das Herz pochte ihr bis zum Hals, und sie wusste nicht, wie sie den Rest des Tages überstehen sollte, während sie auf die Herausforderung wartete. „Ich werde da sein. Nur für den Fall, dass es eine Regel gibt, die Menschen verbietet, sage ich dir, dass ich da sein werde."

Er lächelte. Das erste echte Lächeln, das sie seit Tagen auf seinem Gesicht gesehen hatte. „Baby, niemand würde es wagen, dich fernzuhalten."

Jace konnte sich nicht erinnern, dass es im Juni schon einmal so viele Tage hintereinander geregnet hatte. Das machte die Aussicht auf die Herausforderung nicht nur schwieriger, sondern seinen Wolf auch noch wütender.

Er musste kämpfen? Kein Problem. Dabei nass werden? Das machte ihn wütend.

Er stand am Rand der Lichtung, wo die Rudelmitglieder, die gekommen waren, um zuzusehen, langsam die Lücken entlang der Baumgrenze füllten. Vor ihm war die große Lichtung mit dem geschnittenen Gras, wo sie sich treffen würden.

Blue ließ Cassidy und Stephanie bei Sophie stehen und kam zu Jace herüber. „Nicht, dass du es brauchst, aber viel Glück!"

Jace warf Cassidy einen Blick zu und war stolz, dass sie aufrecht und selbstbewusst inmitten der versammelten Wölfe stand, als gehörte sie dazu. Als wüsste sie es. „Solltest du nicht neutral bleiben und jetzt nicht mit mir reden?"

Blue gab ein unhöfliches Geräusch von sich. „Bitte.

Jeder weiß, dass ich der Meinung bin, dass du die Führung übernehmen solltest. Wenn es ausreicht, dass ich mit dir rede, um dieses barbarische Ritual abzukürzen, dann sei's drum."

Auf der anderen Seite der Lichtung zog Del sein Hemd aus.

„Ich hatte gehofft, die Gelegenheit zu bekommen, einen seiner Anzüge zu shreddern", gab Jace zu und begann, seine Kleidung auszuziehen.

„Du könntest es als Bonus verlangen, wenn du sein Leben verschonst", schlug Blue vor. Er klopfte mit entschlossenem Blick auf Jace' Schulter. „Halt deinen Wolf im Griff. Del hat alles in allem akzeptable Arbeit geleistet. Ich glaube, du würdest es bereuen, wenn du ihm den Hals aufreißen würdest."

„Er starrt Stephanie schon wieder an", sagte Jace trocken.

„Andererseits, tritt ihm ein paarmal für mich in den Sack." Blue salutierte und marschierte dann zurück zu den wartenden Frauen.

Es folgte eine kurze Pause, während die Anwesenden still wurden.

Der Regen fiel weiter und durchnässte den Boden so stark, dass, als Jace mit dem Ausziehen fertig war und auf Del zuging, um ihn in der Mitte der Lichtung zu treffen, bei jedem Schritt Schlamm zwischen seinen Zehen emporquoll.

Sogar Dels ordentlich geschnittenes Haar war so nass, dass es widerspenstig aussah.

Del hob sein Kinn. „Du hast mich um die Führung des Rudels herausgefordert. Ich nehme die Herausforderung an, aber ich biete auch Nachsicht an, falls du jetzt einen Rückzieher machen willst."

„Leck mich", knurrte Jace.

Del grinste. „Arroganter Bastard. Ich werde versuchen aufzuhören, wenn du außer Gefecht bist, aber Garantien gebe ich keine." Er kniff die Augen zusammen, und sie wurden dunkel. „Und das Beste ist, wenn du nicht mehr da bist, könnte Cassidy ..."

Jace sah rot, noch bevor er den Satz zu Ende gesprochen hatte. Seine Hand schoss vor, und seine Finger schlossen sich um Dels Kehle.

Im nächsten Moment hielt Jace Fell in seiner Hand, und messerscharfe Zähne kamen seinem Handgelenk gefährlich nahe.

Jace wandelte und brachte sie wieder auf Augenhöhe. Sie versuchten mit Zähnen und Klauen, im Schlamm Halt zu finden, während sie aufeinander zu stürzten und wieder zurückwichen. Jace ignorierte alles außerhalb des Kreises.

Er wusste, dass Cassidy da war – er konnte mit allem, was in ihm war, spüren, dass sie da war. Er wusste, dass Blue da war und ihm die stille Unterstützung gab, die schon immer Teil ihrer Freundschaft gewesen war. Die herzliche Lebensfreude, die der Neuankömmling Stephanie ausstrahlte. Und alle Rudelmitglieder, die Jace in den letzten Wochen wieder ganz neu kennengelernt hatte.

Sie waren da. Er spürte sie, spürte ihre Unterstützung.

Aber das knurrende Kraftpaket vor ihm hatte gerade höchste Priorität.

Del täuschte nach rechts an und tauchte dann nach links. Jace erwartete die Bewegung, reagierte aber zu langsam, als Del einen Salto machte und dann einen Krallenhieb landete. Schmerz schoss durch seine Schulter und bis hinunter in seine Pfote.

Vor ihm fletschte sein Cousin die Zähne und lächelte, zufrieden, den ersten Treffer gelandet zu haben.

Jace stürzte sich auf ihn, drehte sich mit offenem Maul in der Luft, in der Hoffnung, einen Körperteil zu treffen, an dem er sich verbeißen konnte. Er erwischte Dels Hüfte, und sein leises Schmerzensjaulen brachte Jace' Wolf dazu, vor Stolz paradieren zu wollen.

Ein weiteres Donnergrollen über ihm, und der Regen wurde heftiger, so heftig, dass die Leute am Rand der Lichtung hinter einem Vorhang aus Wasser verschwanden. Jace' Sinne nahmen nur weißes Rauschen wahr – nichts als Wasser. Keine Gerüche außer dem Gras unter seinen Füßen und dem verwässerten Eisengeruch des Blutes.

Del krachte von links in ihn hinein. Jace schnappte ins Nichts. Er drehte sich, stürzte sich und rammte seinen Kopf gegen etwas Festes, das grunzte, bevor es davonrollte.

Er ging ein Risiko ein, rollte und schwang in der Hoffnung, Del zu überraschen, bevor sein Cousin wieder auf die Beine kam. In dem Moment, als Jace seine Kiefer um das Fell schloss, erkannte er den Fehler. Del hatte ihn ebenfalls am Bein. Beide in einer Position, sich gegenseitig zu verletzen, ohne einen Vorteil zu erlangen.

Ein langes, tiefes Heulen zerriss die Luft. Müde, schwach.

Jace und Del erstarrten beide und gruben ihre Zähne in das Fell des anderen, aber sie hielten einander nur fest, ohne zu reißen.

Ein weiteres Heulen, der leise Ruf eines verängstigten jungen Wolfes.

Jace ließ los. Del zog sich im selben Moment zurück. Und dann waren sie aus der Arena verschwunden und rannten Seite an Seite durch die Bäume.

Irgendwo vor ihnen war etwas schrecklich schiefgelaufen. Der Regen ließ gerade so weit nach, dass sie den Pfad sehen konnten, ihn hinunter sprinteten und über die Hindernisse sprangen, die auf sie zuflogen. Hinter sich hörte Jace einen anderen Wolf laufen und spürte, dass es Blue war.

Augenblicke später fanden sie ihn. Ein Minivan, der mitten auf der eingestürzten Brücke feststeckte. Die darunter liegende Flutrinne war über die Ufer getreten, die halbe Brücke fehlte, und die Hinterräder des Lieferwagens wurden durch die starke Strömung in das reißende Wasser gedrückt.

Jace warf einen Blick durch das Fenster und entdeckte ein erschreckend vertrautes Gesicht. Es konnte nicht Stephanie sein, was bedeutete, dass es ihre Schwester Stacy war. Er wandelte auf der Stelle und eilte nach vorn, um nach der Tür des Lieferwagens zu greifen.

Eine weitere Flutwelle schoss den Fluss hinunter und ließ die Vorderräder den Halt verlieren, sodass der Lieferwagen noch tiefer in die Flutrinne rutschte.

„Stacy! Wo sind die Kinder?", rief Jace.

Sie ließ das Fenster herunter, gerade als der Motor starb. Sie deutete hinter sich. „Bitte hilf mir."

Neben ihm nahm Del Anlauf und sprang, um auf dem Dach des Lieferwagens zu landen. Er wandelte und beugte sich vor, während er sich am schwankenden Lieferwagen festhielt. „Kannst du die Türen aufmachen?"

Stacy schüttelte den Kopf. „Ich kann sie dir aus dem Fenster geben. Warte."

Sie kletterte über den Fahrersitz und verschwand nach hinten. Einen Moment später steckte ein kleiner Junge mit einem Mopp leuchtend roter Haare seinen Kopf aus dem Fenster, große blaue Augen weit aufgerissen vor Angst.

„Alles wird gut! Del wird dich nehmen und dann an mich weiterreichen! Sei tapfer!", rief Jace.

Del nickte. Er legte sich auf das Dach und griff hinein, um die Hände des kleinen Jungen zu packen.

Einen Moment später hatte er den Jungen auf das Dach gezogen. „Roll dich zusammen!", befahl Del. „Wie wenn du im Schwimmbad eine Arschbombe machst."

Der Van schwankte. Del strauchelte kurz, fand sein Gleichgewicht wieder und warf den Jungen dann in Jace' Arme.

Blue war da. Er nahm Jace den Jungen ab, während Del ein jüngeres Kind aus dem Fenster zog.

Auch dieses Kind warf Del zu Jace. Jace fing den Jungen auf, als wäre es ein Spiel, doch bei diesem Spiel ging es um mehr ging als um Punkte.

Stacy war wieder am Fenster, Tränen strömten ihr über das Gesicht. „Ich kann Colt nicht überzeugen zu kommen. Er ist in seiner Wolfsgestalt und hat wirklich Angst."

Der Van schwankte und rutschte weiter in die Rinne. Die Hinterräder mussten eine tiefere Stelle getroffen haben, denn der Van begann, sich auf die Seite zu rollen. Stacy wich ängstlich vom Fenster zurück.

Del griff hinein und packte sie am Handgelenk. „Wir holen ihn gleich. Aber jetzt musst erstmal du raus."

Sie wehrte sich. „Nein. Nicht ohne meinen Sohn."

Der Van bewegte sich schnell, als das Wasser stieg und das Fahrzeug weiter in die Strömung drückte. Bäume, die flussaufwärts umgestürzt waren, prallten gegen den Rahmen. Trotz ihrer Proteste zog Del Stacy auf das Dach, als sich das Fahrzeug zu drehen begann.

Del hob Stacy hoch, sprang und verschwand auf der anderen Seite des Flusses aus Jace' Sicht.

Wieder war ein langes, trauriges Heulen zu hören, herzzerreißend, das eines Welpen.

Jace dachte nicht nach, sondern handelte einfach. Er

rannte los und wandelte dabei. Sein Wolf sprang durch das offene Fenster, kurz bevor der Van sich neigte und die Seite auf das Wasser traf.

Es war dunkel im Van, der gefährlich schaukelte, während er gegen Felsen und Bäume stieß. Wasser füllte den Innenraum bis zur Hälfte, während der Van weiter flussabwärts getrieben wurde. Jace wandelte wieder, die Erschöpfung machte sich bemerkbar, als er über die Sitzlehnen kroch. Er kam an schwimmenden Hot Wheels-Autos und leeren Gummibärchenverpackungen vorbei.

Auf der hintersten Rückenlehne zusammengekauert zitterte Colt in Wolfsgestalt.

Ein weiterer harter Aufprall, und Colt verlor den Halt. Jace fing ihn an seinem Körper auf und machte sich auf den Weg zurück zur Beifahrertür. „Ich hab' dich. Das macht keinen Spaß hier, also lass uns zu deiner Mom gehen."

Das Wasser stieg immer weiter, als der Van über Felsen schrammte und von vorbeitreibenden Baumstämmen gerammt wurde. Jace stemmte sich mit dem Rücken gegen den Sitz und benutzte seine Füße, um die Schiebetür auf der Beifahrerseite weit genug zu öffnen und nach draußen zu klettern.

Gedämpftes Licht fiel herein, denn die Wolkendecke und der monsunartige Regen verdunkelten den Himmel. Jace spähte zum Flussufer und war erleichtert, Blue zu sehen, der den Van verfolgte. „Mach dich bereit, ihn zu fangen!", rief er.

„Geht klar!", rief Blue zurück. „Hey, Colt! Keine Sorge! Ich bin ein guter Catcher!"

Der Wolf in Jace' Armen zitterte, konzentrierte sich aber intensiv auf Blue.

„Bleib in Wolfsgestalt, bis du landest. Das macht es

leichter", erklärte Jace. Er holte aus, um den Wurf vorzubereiten.

Ein Baum krachte in die Vorderseite des Lieferwagens, rutschte hoch und über die Seite hinweg und direkt auf Jace' Füße zu. Ein Aufprall war unvermeidlich, aber bevor er fiel, schleuderte Jace Colt in Richtung Blue am Ufer.

Jace packte den sich schnell bewegenden Stamm in der Hoffnung, dass er am Van hängen bleiben und ihn aufhalten würde.

Doch das war zu viel der Hoffnung. Als sich der Stamm unter seinen Fingern bewegte, versuchte Jace verzweifelt, sein Gleichgewicht zu finden. Er schwankte auf einem Fuß und hatte sich fast gefangen, als sich am Rand seines Sichtfelds etwas Riesiges bewegte.

Verdammt. Er war erledigt.

Der Baumstamm kam direkt auf Jace zu, riss ihm die Füße unter dem Arsch weg und schleuderte ihn in das schmutzige, tobende Wasser. Cassidys Schrei hallte in seinen Ohren wider, bevor sein Kopf unterging.

Etwas krachte gegen seine Schläfe, und alles wurde dunkel.

17

———

Minuten zuvor ...

er Kampf war furchterregend gewesen, besonders, als Blut zu fließen begann und Jace und Del rot gefärbt hatte, sodass Cassidy nicht wusste, wer von ihnen verletzt war. Und obwohl ihr Herz für Jace schlug, wollte sie auch nicht, dass Del starb. Sie wollte nicht, dass Jace mit dem Wissen leben musste, dass er seinen Cousin getötet hatte.

Das Adrenalin schoss so heftig und schnell durch sie, als würde sie gegen sich selbst kämpfen, und in dem Moment, als die beiden sich gegenseitig bissen, hätte sie schwören können, es in ihren eigenen Gliedern gespürt zu haben.

Dann das Heulen –

„O mein Gott. Das ist Colt." Sofort packte Stephanie Blue an den Schultern und stieß ihn nach vorn, wodurch der Kreis, der den Kämpfenden vorbehalten war, verletzt wurde. „Das ist mein Neffe, der da heult. Wo ist er? Finde ihn!"

Blue rannte so schnell los, dass er nur verschwommen zu sehen war. Die beiden Wölfe in der Mitte der Arena waren noch schneller. Jace und Del lösten sich voneinander und verschwanden zwischen den Bäumen, Blue ein blasser Schatten auf ihren Fersen.

Die anderen blieben geschockt zurück.

Cassidy schüttelte den Kopf und versuchte zu denken. „Was ist da unten? Gibt es einen Pfad? Eine Straße?"

Sophie tauchte neben ihr auf. „Eine wirklich alte Straße. Die alte Zufahrt zur Timberwolf Lodge. Aber sie wurde seit Jahren nicht mehr benutzt. Nicht, seit die Brücke außer Betrieb genommen wurde."

„Jemand hat heute offensichtlich versucht, sie zu benutzen", knurrte Cassidy, bevor sie sich der Menge zuwandte und Befehle rief. „Wenn ihr helfen könnt, folgt Jace und Del! Andernfalls sucht einen Platz, wo ihr euch unterstellen könnt oder geht zur Timberwolf Lodge! Wir geben Bescheid, sobald wir Neuigkeiten haben."

Überraschenderweise gehorchten alle und zerstreuten sich in verschiedene Richtungen.

Sophie packte Cassidys Arm. „Du kannst nicht so schnell rennen wie ich, wenn ich wandle, also bleibe ich ein Mensch. Komm. Ich kenne eine Abkürzung zur alten Brücke."

Klatschnass, mit Angst in ihren Gliedern, folgte Cassidy der zierlichen Frau. Stephanie war hinter ihnen, beide atmeten schwer und sagten nichts, um Kräfte zu sparen und mithalten zu können.

Der Regen hatte gerade genug nachgelassen, dass sie sich ihren Weg durch die Bäume bahnen konnten, bevor sie auf einer alten Straße oberhalb einer weggeschwemmten Brücke herauskamen.

„Tante Steph."

Blue kam mit Stacys jüngsten Söhnen auf den Armen zu ihnen. „Nehmt sie. Ich komme gleich wieder."

Steph nahm Blaze, Cassidy zog Ace in ihre Arme, und Blue war weg und rannte wieder das Flussufer entlang.

Auf der anderen Seite des Flusses waren die kleinen Gestalten von Del und Stacy kaum zu erkennen, da der Regen weiter fiel. Cassidy hätte schwören können, dass sie gesehen hatte, wie Stacy Del einen rechten Haken verpasste, bevor sie zum Fluss zurückrannte. Er jagte ihr nach, hob sie über seine Schulter und trug sie zur Brücke, während sie auf seiner Schulter strampelte und um sich schlug.

Der Van lag jetzt auf der Seite mitten im Fluss. Als Jace' Kopf mit einem Wolfsjungen in den Armen durch die kaum geöffnete Seitentür kletterte, durchströmte Cassidy Erleichterung.

Doch es war wie in einem Horrorfilm, den Stamm in Zeitlupe auf den Van zu rutschen zu sehen. Colt flog durch die Luft und landete in Blues Armen, bevor beide in den Schlamm am Boden fielen. Jace rutschte über den Van und wurde von einem riesigen Ast heruntergestoßen.

Jace verschwand über die Kante des Vans.

Cassidy schrie, doch noch während der Ton in der Luft hing, war sie schon in Bewegung. „Jace!"

Ein weiterer scharfer Phantomschmerz traf sie, als ob sie von einer scharfen Klinge in die Schläfe gestochen würde. Sie schwankte einen Moment lang, dann zwang sie sich weiter.

Stephanie packte sie am Arm. „Pass auf, Cass!"

Cassidy gab Ace an sie weiter. „Ich gehe hinter ihm her."

Sie sprintete an Blue vorbei, Erstaunen in seinem

Gesicht, als er sich zu ihr umdrehte, den jungen Wolf im Arm. „Cassidy.”

„Bleib bei den Jungs!”, befahl sie und rannte den Pfad neben dem Fluss entlang. Sie blickte auf das tosende Wasser in der Hoffnung, Jace' Kopf auftauchen zu sehen.

Sie folgte der Biegung, und der Fluss wurde breiter. Er war nicht mehr sechs Meter breit, sondern ein reißender Strom voller umgestürzter Bäume und abgebrochener Äste.

Hoffnungslosigkeit nahm ihr die Luft, und sie schloss die Augen. „Jace.”

Da sah sie ihn. Und ihren Wolf.

Dort, mit geschlossenen Augen, sah sie, wie der weiße Wolf, dem sie in ihren Träumen gefolgt war, seine Nase gegen Jace stieß. Er lag reglos am Flussufer. Nicht hier, sondern irgendwo anders, und Cassidy öffnete die Augen, verzweifelt auf der Suche nach ihm.

Die Magie blieb. Es hätte nichts gebracht, stehenzubleiben und ihn nur mit dem Wolf in Gedanken zu verfolgen. Jetzt, selbst mit offenen Augen, rannte die Vision ihres Wolfes lautlos auf dem Pfad vor ihr her. Er verließ den Weg, bevor er im Gebüsch verschwand.

Keine Zweifel. Keine Angst. Cassidy folgte ihm und rannte in die Dunkelheit.

Innerlich sah sie zwei Eindrücke, ihren eigenen und den ihres Wolfs. Die Bäume und der Pfad vor ihr waren klar genug, dass sie sich auf den Füßen halten konnte und nicht stolperte. Und gleichzeitig war sie der Wolf, der schnupperte, Ausschau hielt, auf jede Spur von Jace achtete.

Sie stürzte wieder aus dem Gebüsch heraus ans Flussufer.

Dort lag etwas Dunkles, Felliges, dessen Gliedmaßen sich in einem kleinen Rosenbusch verfangen hatten, der mitsamt den Wurzeln ausgerissen worden war. Cassidy eilte darauf zu und warf den Busch weg.

„Jace." Sie beugte sich vor und drückte eine Hand auf seine Brust, während sie um ein Lebenszeichen betete.

Hatte er sich bewegt? Sie beugte sich zu ihm hinunter.

Seine Zunge kam heraus und schaffte es, sie vom Kinn bis zur Stirn zu treffen.

Cassidy lachte erleichtert, als sie ihm einen Kuss auf die unverletzte Schläfe drückte. „Du solltest besser magische, superheilende Kräfte haben, Kumpel, sonst werde ich sehr wütend auf dich sein."

Und dann geschah das Wunderbarste. Jace öffnete die Augen, und sie verliebte sich. Vollkommen. Mit allem, was sie war.

Es mochte Schicksal sein, aber es war real.

JACE TAT ALLES WEH. Er hatte Wasser in den Ohren, sein Schwanz war wahrscheinlich gebrochen, und als er seine menschliche Gestalt wieder annahm, bohrte sich ein Splitter von der Größe eines Baseballschlägers in seine rechte Arschbacke, aber das waren seine geringsten Sorgen.

Er lebte, und Cassidy war da, küsste ihn und hielt ihn, als ob sie vorhatte, eine Weile zu bleiben.

Was wunderbar war und bedeutete, dass er sich zuerst um andere Dinge kümmern konnte.

„Ist Colt okay?" Verdammt, seine Stimme klang beschissen.

Cassidy drückte eine Hand an seine Wange. „Sag nichts. Als ich ihn das letzte Mal gesehen habe, ging es ihm gut."

„Ihm geht's mehr als gut", sagte Blue.

Jace drehte den Kopf und versuchte, sich auf seinen Cousin zu konzentrieren, der zwischen den Bäumen aufgetaucht war.

Blue schüttelte den Kopf, streckte aber die Hand aus. „Alle Kinder und Stacy sind in Sicherheit. Du siehst am schlimmsten aus. Lass uns dich zurück zur Versammlung bringen. Du hast noch was zu erledigen."

„Er kämpft heute nicht nochmal." Cassidys Wut brannte so heiß, dass Jace sie bis in die Zehenspitzen spürte.

Er schwankte einen Moment, dann richtete er sich auf und stand trotz der Schmerzen sicher. Es war nicht gut, vor seiner Gefährtin Schwäche zu zeigen, wenn sie so aufgebracht war.

Er stimmte ihr jedoch zu. „Nein. Ich kämpfe nicht. Aber Blue hat recht. Es gibt etwas, das zu Ende gebracht werden muss."

Auf keinen Fall würde er auf nackten Menschenfüßen durch die Bäume laufen. Er wandelte, stieß Cassidy vor sich her und folgte ihr dann, während Blue sie zurück zum Kampfplatz führte.

Stacy war da, ihre drei Jungen klammerten sich an sie. Colt war noch immer in seiner Wolfsgestalt, und Jace ging voran, um die Nase des Jungen mit seiner zu berühren.

Colt nahm seine menschliche Gestalt an, die Augen weit aufgerissen. Er blieb gebeugt und hob zögerlich eine Hand, um Jace' Schulter zu streicheln. „Ich hatte Angst", flüsterte er. „Aber ich habe gemacht, was du gesagt hast."

Lautlos stieß Jace ihn mit dem Kopf an und zeigte damit seine Anerkennung. Später würden sie genug Zeit für Worte haben, doch jetzt lächelte Colt und stieß einen zittrigen Seufzer aus.

Sekunden später kehrte Jace in die Mitte der Lichtung zurück, wo Del in menschlicher Gestalt wartete.

Jace verwandelte sich zurück. Er begegnete dem Blick seines Cousins. „Es gibt einen anderen Weg, das zu tun", sagte er. „Es muss nicht alles oder nichts sein."

Unglaublich, Dels Aufmerksamkeit war nicht auf Jace gerichtet, sondern auf Stacy und die Jungen am Rand der Lichtung. „Du hast ihn gerettet. Ich konnte es nicht, aber du hast ihn gerettet."

„*Wir* haben sie gerettet. Wir haben getan, was getan werden musste, und das ist genau das, was ein Führungsteam tut." Jace straffte seine Haltung und verschränkte die Arme vor der Brust. „Du hast zu Anfang deiner Zeit als Alpha etwas sehr Schwieriges getan, und du hast das Rudel so gut geführt, wie du konntest. Aber du bist für andere Dinge geschaffen, Del."

Das war genug, um die Aufmerksamkeit seines Cousins auf sich zu lenken. Er hob eine Augenbraue.

Jace zuckte mit den Schultern. „Dein Beruf verrät es. Du bist ein Kämpfer. Du kämpfst für Gerechtigkeit und bist gut darin. Das lässt mich glauben, dass du als Hüter für das Rudel wirklich gut geeignet wärst."

Dels Augen weiteten sich. „Hüter?"

„Nun, Blue ist der geborene Omega, da weder du noch ich diesen magischen Kram hinbekommen, den er macht. Und mein Wolf ist ziemlich entschlossen, Alpha zu sein. Aber du musst Teil des Teams sein."

Der Blick seines Cousins wanderte wieder zu den Frauen, die warteten und aufmerksam zuhören.

Del konzentrierte seinen Blick wieder auf Jace. „Ich stimme zu, dass Blue unser Omega sein muss. Und mir gefällt die Idee des Hüters. Aber ich denke, du musst zugeben, dass du nicht der einzige Alpha in dieser Gegend bist."

Jace' Gefährtin runzelte die Stirn, offensichtlich hatte sie missverstanden, was Del gesagt hatte. Allein der Ausdruck der Entschlossenheit auf Cassidys Gesicht machte es leicht, das Nächste zu tun.

Jace sah Del direkt in die Augen. „Du hast recht. Cassidy? Würdest du bitte herkommen, Babe?"

Überraschung huschte über ihr Gesicht.

An ihrer Seite hörte Stephanie aufmerksam zu, als Blue sich zu ihr beugte und ihr etwas ins Ohr flüsterte. Ihre Lippen verzogen sich zu einem Lächeln, und sie legte ihre Arme um Cassidys Schultern, dann schob sie sie auf die Lichtung. „Geh. Du weißt, dass du die zwei zur Vernunft bringen willst."

Cassidy war vielleicht geschockt, so in den Mittelpunkt der Aufmerksamkeit gezogen zu werden, aber nach den ersten zwei Schritten auf sie zu, straffte sie die Schultern und hob ihr Kinn. Sie ging zu ihnen und drehte sich bewusst um, sodass sie neben Jace stand und einen halben Schritt vor ihm. Als wollte sie Del herausfordern, etwas zu unternehmen.

Del schmunzelte. Sein Blick wanderte zu Jace und dann zurück zu Cassidy. „Verzeih mir, wenn ich förmlich werde. Es ist immer gut, alle Details zu klären."

Cassidy wartete argwöhnisch.

Del drehte sich langsam um, um die Aufmerksamkeit der Wölfe zu erregen, die zurückgekehrt oder nie gegangen waren. Und dann, als alle Augen auf ihn gerichtet waren, presste er eine Hand auf seine Brust und sprach mit klarer Stimme. „Ich habe mich als Alpha für dieses Rudel eingesetzt, doch ich gebe diese Verantwortung und dieses

Privileg jetzt weiter. Ich übernehme die Rolle des Hüters und werde meine Energie und, wenn nötig, mein Leben einsetzen, um das Rudel zu beschützen. Es wird keine weitere Herausforderung von dieser Seite geben, da ich die Herrschaft meiner Alphas akzeptiere." Als Del sein Kinn in ihre Richtung senkte, hörte Jace, wie Cassidys Herzschlag schneller wurde.

Er ergriff ihre Hand und verschränkte seine Finger mit ihren, immer noch lächelnd, weil es richtig war.

Del sah sie an, immer noch mit gesenktem Kopf. Diesmal sprach er leise. „Jetzt wäre es gut, wenn ihr sowas in der Art sagen würdet, wie *Wir akzeptieren deine Dienste und ...*"

„Endloses Zukreuzekriechen?", schlug Jace vor.

Del runzelte die Stirn. „Du bist so ein Arsch."

„Für dich heißt das Alpha-Arsch", korrigierte Jace ihn. „Aber ich schlage vor, dass du meine Gefährtin nicht so nennst, wenn du deinen Kopf auf den Schultern behalten willst. Du kannst sie Alpha-Overlord oder Alpha-Supreme oder Alpha-Extraordinaire nennen."

Cassidys Griff um Jace' Finger wurde so fest wie ein Schraubstock. „Du wirst der Hüter des Rudels sein", sagte sie zu Del, halb eine Frage, halb eine Feststellung.

„Solange du und Jace die Alphas seid, ja", sagte Del.

Ihr Mund stand einen Moment lang offen. „Oh! Wow!"

Zum ersten Mal seit Ewigkeiten sah Del Jace voll in die Augen, und sie lächelten einander an. Ein Gefühl des Friedens hüllte Jace ein; das Gefühl, dass alles so war, wie es sein sollte, machte sich zwischen ihnen breit. Und als Blue lässig auf sie zu schlenderte, fügte sich das letzte fehlende Teil ein.

Sie waren endlich ein Rudel, so wie sie es sein sollten.

Es gab noch viel zu klären, aber dieses Team, der Ausgangspunkt von allem, war richtig.

Jetzt musste er Cassidy überzeugen, seine Gefährtin zu werden. Nicht nur seine Co-Anführerin, sondern in jeder Hinsicht sein.

Denn nur dann konnte er ganz ihr gehören.

18

Wieder in der Timberwolf Lodge angekommen, nahmen Stephanie und Blue Stacy und die Jungs mit auf eine Tour, die heiße Bäder und viele Umarmungen beinhaltete. Del befahl einer Gruppe Wölfe, mit ihm zum Fluss zu gehen. Er versprach, so viel wie möglich von ihren Sachen aus dem Van zu retten.

Cassidy kümmerte sich um Jace. Denn er brauchte offensichtlich jemanden, der auf ihn aufpasste.

„Ich kann nicht glauben, dass du da gestanden und diesen ganzen gedankenlosen ‚*wir vertragen uns, ich bin ein Macho-Wolf*'-*Blödsinn gemacht hast*, während du geblutet hast." Sie stieß ihn zurück in die Dusche. „Bleib da. Du hast immer noch Dreck in den Krallenspuren an deiner Hüfte, und ich muss sagen, das ist kein Satz, den ich je so nebenbei aussprechen wollte."

Jace drehte sich gehorsam um und ließ sich von ihr mit antibakteriellem Schaum einseifen. „Mein Wolf lacht Keimen ins Gesicht."

„Solange du mir nicht erklären kannst, wie die

Wolfsphysiologie dafür sorgt, dass du keine Blutvergiftung bekommst, wirst du stillhalten, bis ich dir was anderes sage."

Klugerweise schwieg er. Aber jedes Mal, wenn sie ihn ansah, grinste er so breit, dass er genauso gut hätte lachen können.

Schließlich richtete sie sich auf, bevor sie ihn aus der Dusche zog und ihm ein Handtuch in die Arme drückte. „Trockne dich ab."

Jace schmollte. „Ich dachte, du würdest mir helfen."

Sie ignorierte ihn, zog ihre Kleider aus und ging in die Dusche, um sich zu waschen.

Sie stand unter dem heißen Regen und ließ das Wasser über ihr Gesicht laufen, als er hinter sie trat.

Starke Arme legten sich um sie, seine Wange schmiegte sich an ihre. „Ich sehe, dass du weinst, selbst wenn das Wasser dein Gesicht runterläuft."

Sie drehte sich um, sodass sie ihre Stirn an seine Brust legen konnte. „Du hast mir Angst gemacht", gab sie zu. „Du hast mir richtig Angst gemacht."

Er legte seine Finger unter ihr Kinn und hob ihr Gesicht. „Und ich dachte, du wärst wütend, weil ich dich zum Alpha gemacht habe, ohne vorher zu fragen."

Er küsste sie zärtlich, bevor er sich gerade weit genug von ihr löste, um ihr in die Augen zu sehen.

Da war Sorge, also beeilte sie sich, ihn zu beruhigen. „Die Sache mit dem Alpha ist seltsam, aber es fühlt sich auch richtig an. Ich finde, du bist brillant damit umgegangen. Ich wünschte, du hättest daran gedacht, bevor du und Del angefangen habt, euch gegenseitig zu zerfleischen."

Er strich ihr über die Wange. „Also geht es hier wirklich nur darum, dass meine pelzige Seite ein Bad im Fluss genommen hat?"

„Wandler, nicht pelzig." Er lachte, wie sie es beabsichtigt hatte. Dann ließ sie sich Zeit und dachte darüber nach. „Es gibt eine Verbindung zwischen uns. Das kann ich nicht leugnen und will es auch nicht. Die ganze Sache mit den Schicksalsgefährten klingt unmöglich, aber das gilt auch für Menschen, die sich in Wölfe verwandeln." Sie schlang ihre Arme um seinen Hals und zog ihn an sich. Sie umarmte ihn, hielt ihn fest. Als sie losließ, neigte sie ihren Kopf in Richtung Schlafzimmer. „Lass uns uns abtrocknen. Ich erzähle dir den Rest, wenn meine Zehen nicht mehr runzlig werden."

Fünf Minuten später trugen sie bequeme Baumwolle. Jace lehnte sich gegen das Kopfteil, während Cassidy im Schneidersitz in der Mitte des Betts saß.

Er streckte eine Hand aus, und sie nahm sie, bevor sie ihre verflochtenen Finger auf ihr Knie legte. „Ich habe meinen Wolf benutzt, um dich zu finden."

Diesmal riss er die Augen auf. „Was?"

Sie senkte das Kinn. „In dieser einen Nacht hast du mich zum Laufen mitgenommen. Ich bin dagestanden, während mein Wolf durch das ganze Tal gestreift ist. Aber das zweite Mal liebten wir uns und unsere Wölfe –" Sie sah ihm in die Augen, und, ja, er war wieder da. Dieser schelmische Ausdruck, der sagte, dass er sich an jede Minute genauso erinnerte wie sie. „Unsere Wölfe sind auch zur Sache gegangen. Also war ich wohl an beiden Orten."

„Auf jeden Fall", nickte er.

Sie ging auf die Knie. „Als du im Wasser verschwunden warst, konnte ich nicht einfach dastehen und meinen Wolf allein suchen lassen. Und es war nicht so lustig und verspielt wie beim zweiten Mal. Aber ich habe ihn gebraucht, und er war da – mein Wolf. Irgendwie waren wir zusammen, und er hat mich den ganzen Weg dorthin geführt, wo du warst."

Er nickte. Wartete.

„Ich wusste es. Wir wussten, wie wir dich finden konnten."

Er legte seine Hand an ihre Wange. „Das ist unglaublich. Und ich bin nicht überrascht. Nicht im Geringsten. Ich wusste, dass du was Besonderes bist und die einzig Richtige für mich."

Cassidys Herz klopfte. „Seit dem ersten Moment, als ich dir begegnet bin, hatte ich das Gefühl, wir gehören zusammen. Ich weiß um animalische Anziehung und Leidenschaft für jemanden, aber mit dir ist es anders. Tiefer."

Er strich mit dem Daumen über ihre Unterlippe. „Schicksalsgefährten."

Das schien ein Ausdruck zu sein, der sie eigentlich verärgern sollte, aber das tat es absolut nicht. „Es ist nicht nur Schicksal", beharrte sie. „Nicht, wenn ich mich für dich entscheide."

MANCHE AUGENBLICKE BRANNTEN sich für immer in sein Gedächtnis ein, und er wusste schon, dass dies einer davon sein würde. Cassidy, ihre großen grünen Augen so konzentriert und gespannt auf ihn gerichtet, als sie ihn an sich zog und küsste.

Eine Einladung und das Erheben ihres Anspruchs in einem.

Jace drehte sich auf der Matratze, bis Cassidy an ihm ruhte. Die weichen Kurven ihres Körpers schmiegten sich an seinen Oberkörper, ihre Hände schlangen sich um seinen Rücken, während sie einander küssten. Erforschten. Zustimmten, einander mit zitternden Atemzügen zu kosten und mit zärtlichen Liebkosungen zu erfreuen.

Die Kleider, die sie angezogen hatten, verschwanden. Es war heiß genug im Bett mit bloßer nackter Haut. Es wurde noch heißer, als Jace seine Hände ihren Körper hinauf wandern ließ und ihre vollen Brüste streichelte. Während ihre Brustwarzen unter seinen Handflächen prickelten, summte Jace glücklich.

Sie lachte. „Es ist offiziell. Du bist ein Brüste-Mann.”

„Ich bin ein Du-Mann”, korrigierte er sie. „Gott, ich will dich mit einem gierigen Bissen verschlingen.”

„Wir haben Zeit. Mehr als ein Bissen ist erlaubt.”

Was bedeutete, dass er, weil er schon einmal da war, mit ihren Brüsten anfing. Er knabberte an der weichen Wölbung und leckte über ihre Nippel. Cassidy wand sich, drückte seinen Kopf an sich, während er den Geschmack ihrer Haut genoss, den Geschmack der Vorfreude, während er sich weiter nach unten arbeitete, ihren Bauch küsste, seine Zunge an ihrer Leiste entlang gleiten ließ.

Cassidy wand sich und seufzte dann. Ihre Schenkel fielen einladend auseinander, als Jace die Kuppe ihres Hügels küsste. „Jace.”

„Lass mich dich lieben”, flüsterte er.

Er senkte seinen Mund auf sie und strich über ihre Klitoris. Immer und immer wieder. Sie wand sich so erregt unter ihm, dass er eine Hand auf ihren Bauch drückte, um sie in Position zu halten.

Dann legte er eine Hand auf ihren Oberschenkel und ließ sie höher gleiten, um mit einem Finger ihre feuchten Falten zu streicheln, bevor er hineinglitt.

Cassidy stöhnte, dann keuchte sie und schnurrte, als er

nach dem ersten mit einem weiteren Finger eindrang. Er krümmte sie in ihr, und sie stöhnte, atemlos vor Lust.

Jace lächelte. „Ich mag die Laute, die du dabei machst."

„Komm hier hoch, und wir können zusammen ein paar Laute machen", bot sie an.

„Ladies first."

Er stützte sich jedoch auf einen Ellbogen, damit er sie beobachten konnte. Cassidy begegnete seinem Blick und schenkte ihm mit weit geöffneten Augen jeden Moment der Lust, den sie erlebte. Als ihr Orgasmus explodierte und sie zufrieden stöhnte, grinste Jace.

Dann veränderte er seine Position und glitt tief in sie hinein, bevor ihr Körper aufgehört hatte, sich anzuspannen. Das bedeutete, dass er von einer samtigen Faust umschlossen war, die ein Prickeln seine Wirbelsäule empor schickte.

Cassidy hielt ihn auch mit ihren Augen fest. Funkelnd, hell, klug und aufmerksam. „Ich will deine Gefährtin sein."

„Das bist du. Das wirst du sein", versprach er.

„Nicht irgendwann in der Zukunft", sagte sie. „Heute. Ich wähle dich, Jace. Deinen Wolf. Dein Rudel."

„Unser Rudel." Er stieß erneut zu, was beide stöhnen ließ. „Dafür werde ich dich beißen müssen."

Ihre Augen weiteten sich.

„Nur ein bisschen", versprach er. „Und ich habe gehört, es fühlt sich gut an."

Sie schlang ihre Beine um seine Hüften und zog ihn an sich, beschleunigte den Rhythmus ihres Liebesspiels. Damit sagte sie eindeutig, dass sie an Bord war und willig.

„Ja." Cassidy grub ihre Fingernägel in seine Schultern und kratzte, und Jace' Sicht verschwamm. „Ja, beiß mich. Mach mich zu deiner Gefährtin."

Lust war etwas Glühendes, das sie einhüllte und den

Raum einnahm. Jace stieß hart und tief zu, Ekstase lief seinen Rücken hinauf und ließ seinen Atem stocken.

Er schob eine Hand zwischen sie, auf ihre Klitoris und rieb, während er härter in sie hinein stieß. Tiefer. Cassidy stöhnte, dann knurrte sie und drängte sich so nah wie möglich an ihn.

„Jace." Ihr Rücken bog sich. Ihre Muskeln spannten sich um ihn an, und er bewegte sich. Zähne an ihrem Hals, ein scharfer, schneller Biss.

Extreme Lust explodierte durch ihn hindurch, ihr Geschmack auf seiner Zunge, sein Körper in ihrem. Ihre Seelen stellten eine Verbindung her, sodass er jedes bisschen der wilden Lust spürte, die sie empfand.

Vor dem Schlafzimmer und mit Freude, die durch ihre Adern pulsierte, sah Jace sie beide. Ein weißer Wolf stand neben seinem grauen auf einem hohen Grat. Der Wind in ihrem Fell, ihre Nasen stießen aneinander. Verbunden.

Gefährten.

Jace konnte sich nicht länger zurückhalten. Er sagte mit leiser, heiserer Stimme: „Ich liebe dich."

Cassidy lief ein Schauer über den Rücken, doch sie blickte zu ihm auf, und ihre Augen waren voller Freude und Staunen. „Ich liebe dich auch", sagte sie, bevor sie wiederholte, was sie schon zuvor gesagt hatte: „Ich wähle dich. Für immer."

19

—————

Am nächsten Morgen war der Frühstückstisch etwas voller und viel lauter.

„Hey, Mr. Blue." Der sechsjährige Blaze zupfte an Blues Ärmel, seine Aufregung über die Pancakes vorübergehend vergessen.

„Ja, Kiddo?" Blue richtete seine ganze Aufmerksamkeit auf ihn.

„Wie nennt man einen Wolf mit Fieber?"

Blue zwinkerte Colt über den Tisch hinweg zu. „Ich weiß nicht. Wie nennt man einen Wolf mit Fieber?"

Blaze stützte seine Hände auf den Tisch und antwortete aufgeregt: „Hotdog."

Seine Brüder lachten wie kleine Hyänen, während Blue sich die Hand an die Stirn schlug.

Cassidy ließ die Kinder bei Blue und ging zu Stacy, die Orangen schnitt. „Wie geht's dir?"

Ihre Freundin deutete auf ihre Kinder. „Sie sind in Sicherheit. Mir ist es noch nie besser gegangen."

Cassidy fühlte sich ein bisschen schuldig, weil sie die anderen am Abend zuvor im Stich gelassen hatte, doch andererseits nahm ein Mädchen nur einmal einen Gefährten. Die Stelle an ihrem Hals prickelte immer noch, aber jetzt, weniger als zwölf Stunden später, sah sie eher wie eine Tätowierung als wie ein Biss aus.

„Hat Del die meisten deiner Sachen gefunden?"

Stacys Schultern spannten sich an. „Ja."

Jace schlenderte vorbei, bevor er stehenblieb, um Cassidy den Arm um den Hals zu legen. Nicht so sehr besitzergreifend, sondern eher, als wolle er einfach nicht von ihr getrennt sein. „Ich bin froh, dass es euch allen gut geht."

Ihre Freundin legte das Messer hin, ihre Hände zitterten ein wenig, als sie sie sorgfältig trockenwischte. Dann hob sie den Blick zu Jace. „Ich werde dir nie zurückzahlen können, was du für uns getan hast."

Jace strich ihr mit den Fingerknöcheln über die Wange und wischte eine Träne weg. „Unter Freunden gibt es keine Schulden. In der Familie gibt es keine Schulden. Im Rudel gibt es keine Schulden, und ihr seid alles drei. Du und die Jungs."

Einen Moment später hatte Stacy ihre Arme um ihre Schultern geschlungen und klammerte sich an Jace und Cassidy, während sie um die Beherrschung kämpfte. „Ich bin so froh, dass wir dich haben."

Cassidy drückte sie fest an sich. Jace tätschelte ihr den Rücken, während er leise sprach. „Lass uns frühstücken, bevor Thing 1, 2 und 3 neugierig werden, warum ihre Mom so aufgewühlt ist."

„Ich bin nicht aufgewühlt", beharrte Stacy, ließ sie los und wischte sich mit dem Handrücken die Augen trocken. „Ich bin so dankbar, dass du da warst, als diese verdammte Brücke nachgegeben hat. Ich dachte, wir wären alle erledigt."

An der Theke lud Stephanie die letzten Pfannkuchen auf einen großen Teller. Sie stellte ihn auf den Tisch und zog Stacy auf den Platz neben sich. „Ich verstehe immer noch nicht, warum du auf dieser Straße warst. Ich habe dir eine Wegbeschreibung geschickt."

„Drei Wegbeschreibungen", beschwerte sich Stacy. „Ich musste ständig neue Koordinaten ins GPS eingeben. Die letzten, die du mir geschickt hast, sind die, denen ich gefolgt bin."

Stephanie schüttelte den Kopf. „Schwesterherz, glaubst du wirklich, ich hätte es mehr als einmal mit Technologie und Karten versucht? Ich habe dir eine Kopie geschickt – die der Anweisungen, die wir benutzt haben, um hierher zu kommen, und diese Route war nicht einmal in der Nähe des Katastrophengebiets."

Drei neugierige Augenpaare wandten sich ihnen zu, die Sorge wuchs, als die Jungen zuhörten. Cassidy beeilte sich, das Gespräch in eine andere Richtung zu lenken. „Nun, wie auch immer es passiert ist, alles ist gut ausgegangen."

„So ist es." Jace drückte Cassidy einen Kuss auf den Hals und ließ sich dann auf den Platz neben Colt fallen, der ihn mit einer Ehrfurcht anstarrte, die normalerweise Superhelden vorbehalten war. Jace musterte die Jungen mit zusammengekniffenen Augen. „Bereit für euren ersten großen Test des Jasper-Rudels?"

Drei Köpfe senkten sich, und ihre Augen weiteten sich.

„Es ist die Piggy-Stack-Challenge."

Stephanie schnaubte. „Oh, ich sehe schon, worauf das hinausläuft."

Auf ein lautes Klopfen hin flog die Haustür auf und prallte von der Wand ab.

„Fang nicht ohne mich mit dem Piggy Stacking an." Marvin kam herein, eine riesige Platte in einer Hand balancierend. Er zwinkerte Cassidy zu. „Hey, Darling. Ich würde dir ja sagen, dass ich mich selbst zum Frühstück eingeladen habe, aber der da hat gesagt, dass ich kommen soll." Er zeigte auf Blue.

Alle drehten sich auf ihren Stühlen um. Blue hob die Hände. „Ich wusste, dass Jace mich herausfordern würde, und Marvin ist der Einzige, der ihm das Wasser reichen kann."

Cassidy lachte und zog dann einen weiteren Stuhl an den Tisch. „Okay. Fühl dich wie zu Hause. Oh, ich vergaß – das tust du ja schon."

Marvin grinste.

Auf der Platte, die er trug, türmte sich knusprig gebratener Speck.

Jace zeigte den Jungs gerade, wie man einen Piggy Stack baut – abwechselnde Schichten aus Pfannkuchen und Speck und dann das Ganze mit Ahornsirup übergießen –, als es erneut klopfte.

„Hier geht's ja zu wie auf dem Bahnhof." Stacy sprang auf. „Ich gehe schon", beharrte sie, als Cassidy aufstehen wollte. „Du musst den Richter spielen, wer hier am besten Piggy Stacks baut, auch wenn das mit Bauchschmerzen enden wird."

Trotzdem beobachtete Cassidy neugierig, wie Stacy zur Tür ging und sie öffnete.

Del stand da, die Hände in den Taschen, und sein Blick überflog die Versammlung, dann kehrte er zu Stacy zurück. „Hi."

Sie schlug die Tür zu und ging ruhig zurück zum Tisch.

Cassidy und Jace tauschten verwirrte Blicke aus, bevor Cassidy aufsprang und die Tür öffnete.

Del stand immer noch da und rieb sich die Stirn.

„Hat sie dich geschlagen? Ich dachte nicht, dass sie die Tür so schnell zugeworfen hat."

Er blinzelte und lächelte dann schief. „Ähm, nein. Ich bin nur ... hergekommen, um zu sehen, wie es allen nach den Abenteuern von gestern geht."

Jace erschien hinter Cassidy und legte einen Arm um ihre Schultern. „Hey. Willst du zum Frühstück reinkommen?"

Del blickte ins Zimmer und blinzelte nochmal. Diesmal fiel sein Blick auf den Fleck an Cassidys Hals. „Oh, wow. Glückwunsch, ihr zwei."

„Danke." Jace nickte, packte Del am Arm und zog ihn herein. „Du bleibst zum Frühstück."

„Ähm, aber ich bin mir nicht sicher ..."

„Mr. Jace? Colt hat sich in einen Wolf verwandelt! Das ist nicht fair. Er kann viel mehr Piggy Stacks fressen, wenn er ein Wolf ist", beschwerte sich Blaze, während Colt begeistert kläffte.

Jace lachte und nickte in Richtung des Chaos in der Küche. „Komm, Hüter. Du kannst helfen, die Regeln hier durchzusetzen."

Er schob Del vor ihnen zum Tisch. Der Mann ging bereitwillig und setzte sich lächelnd, als er einen Stuhl neben dem fünfjährigen Ace fand.

Cassidy hielt Jace zurück, bevor sie ihre eigenen Plätze einnahmen, und ihre Neugier war so groß, dass sie ihm etwas ins Ohr flüsterte. „Was ist mit ihnen los?" Sie gestikulierte zwischen Stacy und Del hin und her.

Stacy nahm ihren Stuhl und rückte ihn ein paar Zentimeter von Del weg. Dann kehrte sie ihm den Rücken zu und war plötzlich ganz erpicht darauf, Blaze dabei zu helfen, einen riesigen Piggy Stack zu bauen.

„Keine Ahnung. Blue weiß es vielleicht, aber im

Moment können wir es wohl ruhig angehen lassen." Jace küsste Cassidy und erhob dann seine Stimme. „Ich bin bereit, es mit allen Herausforderern aufzunehmen."

Der Rest des Vormittags verging mit gutem Essen, Lachen und einem Gefühl von Familie, das Cassidy begeistert genoss.

Sie musterte die Gruppe in aller Ruhe. Ihre beiden besten Freundinnen – hier an einem neuen Ort, bereit, sich der nächsten Etappe ihres Abenteuers zu stellen. Sie hatten angefangen, Wurzeln zu schlagen, obwohl sie noch einen langen Weg vor sich hatten, um die Lodge zu einem rentablen Resort zu machen.

Sie mussten vor dem nächsten Frühjahr die Zustimmung des Wilson Packs einholen – ihr war klar geworden, dass damit ein Wolfsrudel gemeint war, das Wilson-Rudel, das nichts mit dem Jasper-Rudel zu tun hatte. Es war machbar, egal, wen sie beeindrucken mussten.

Vor allem, wenn die Leute am Tisch Teil der Lösung waren. Blue, mit seinem herzlichen Lächeln und seinem sanften Herzen. Del, der sich als zuverlässig und furchtlos erwiesen hatte, als er gebraucht worden war.

Marvin, die männliche Elchnanny – wer hätte das gedacht?

Und Jace.

Cassidy begegnete seinem Blick, und die Stelle an ihrem Hals prickelte. In ihrem Inneren spannte sich etwas Wildes an. Ihr Wolf? Es war alles so aufregend, und sie musste noch so viel über diesen Teil von sich lernen.

Aber es war Jace, der ihr Herz höher schlagen ließ – sein ruhiger, blauer Blick wie ein Stück Himmel, der sie mit der süßen, herrlichen Freiheit von frischer Luft und Wildnis streifte. Sein Herz direkt vor ihrer Nase.

Seine Liebe. Erstaunlich. Wild.

Perfekt und ganz ihrer.

Die völlig veränderten Umstände ließen sie lächeln. Sie hatte nach einem Neuanfang gesucht, nach besseren Optionen. Doch dabei hätte sie sich nie erträumen können, dass die Alpha-Option ihr gehören würde.

Sie ging an den Tisch, ließ sich auf Jace' Schoß nieder und stahl das letzte Stück Speck von seiner Gabel.

Er wackelte mit den Augenbrauen und küsste sie dann, wobei er den Lärm der kleinen Jungen ignorierte, die angesichts dieser öffentlichen Zurschaustellung von Zuneigung dramatisch stöhnten.

Ja, dachte Cassidy, als sie sich zurückzog und ihren Gefährten und die anderen am Tisch anlächelte. Das war eine Option, an die sie nie im Traum gedacht hatte –

Und sie war besser.

EPILOG

Die Kinder wurden von Blue, Jace und Marvin nach draußen getrieben, um Dampf abzulassen, nachdem sie viel zu viel gegessen hatten. Stephanie und Cassidy waren für einen Moment verschwunden und ins Büro gegangen, um die Liefertermine für das Material durchzugehen.

Was Delaney Vezina – ehemaliger Rudel-Alpha, neuer Rudel-Hüter – etwas verwirrte, als er an der Küchenspüle stand, die Hände im schmutzigen Spülwasser, und das Frühstücksgeschirr abwusch.

Es war ein bisschen erniedrigend und doch perfekt. Denn die andere Person, die noch im Raum war, war Stacy, die schweigend den Tisch abräumte und Teller in die Spülmaschine räumte.

Gott, er war ein Narr gewesen. In den letzten Wochen hatte sich Del jedes Mal, wenn er Stephanie gerochen hatte, gefragt, warum sie ihm fast richtig vorgekommen war. Jetzt war es glasklar – es war nicht Stephanie, auf die er gewartet hatte.

Es war Stacy. *Sie* war seine Schicksalsgefährtin.

Was alles andere als perfekt war, da sie ihn abgrundtief zu hassen schien.

Del schrubbte die Grillpfanne mit dem Speckfett energischer. Verdammt. In letzter Zeit schien es für ihn hier ein Schritt vorwärts und zwei Schritte zurück zu gehen.

Gott, allein mit ihr im selben Raum zu sein, ließ seinen ganzen Körper vor Sehnsucht nach ihr schmerzen.

Er hatte kurzzeitig Interesse an Cassidy verspürt wegen ihrer Stärke. Eine faszinierende Anziehung zu Stephanie wegen des verwirrenden Geruchs …

Stacy hatte beide Gefühle übertrumpft.

„Du wirst noch ein Loch in die Pfanne schrubben." Sie stand neben ihm, ihre goldbraunen Iriden blitzten im Sonnenschein, während sie ihn zögernd anlächelte.

Unbeholfen wie ein verknallter Teenager ließ er die Pfanne in die Spüle fallen. Seifenwasser spritzte heraus und durchnässte ihn von der Brust abwärts.

Stacy keuchte und wich zurück. Sie hatte auch eine Ladung abbekommen. Wasser durchnässte die Vorderseite ihrer Bluse, und er riss seinen Blick von ihren Brüsten los, bevor er alles noch schlimmer machte, indem er sie anstarrte.

Gott, er wollte sie anstarren. Wollte sie ausziehen und sie mit seiner Zunge sauber lecken –

„Tut mir leid. So leid." Er schnappte sich das Handtuch und streckte die Hand aus, um sie abzutrocknen, überlegte es sich dann aber und reichte ihr stattdessen das Handtuch. „Wirklich, das tut mir so leid."

„Das hast du schon gesagt."

„Ich sage es nochmal, wenn du willst." Er plapperte. Wann zum Teufel hatte er seine Eier verloren und sich in einen weinerlichen unterwürfigen Köter verwandelt?

Oh ja. Als sie ihm am Abend zuvor im Wald einen

rechten Haken verpasst hatte. Und dann hatte sie ihm vor ein paar Stunden die Tür vor der Nase zugeschlagen.

Stacy nahm das Handtuch und tupfte ihre Bluse ab, aber ihr Gesichtsausdruck war nachdenklich und dann voller Reue. Sie sah ihm direkt in die Augen. „Ich bin diejenige, die sich bei dir entschuldigen sollte."

Del stand wie angewurzelt da. „Was?"

Sie holte tief Luft, ihre Lippen zitterten, aber sie hielt den Blickkontakt. „Gestern Nacht. Ich war wütend auf mich selbst, weil ich Colt zurückgelassen habe, aber du hast das Richtige getan. Du hast mich in Sicherheit gebracht, und selbst wenn" – ihre Stimme brach, doch als er sie trösten wollte, hob sie eine Hand – „selbst wenn das Schlimmste passiert wäre und Colt ... war es richtig von dir, mich in Sicherheit zu bringen. Wenn ich im Van geblieben wäre und wir beide gestorben wären, hätten Ace und Blaze ihre Mutter verloren."

Ein kalter Schauer lief ihm über den Rücken. Die Vorstellung, dass sie oder einer der Jungs nicht mehr hier wären, war falsch. So falsch.

Stacy redete weiter. „Ich bin es gewohnt, alles allein zu machen. Mein erster Mann war Soldat und viel im Einsatz, also hat er mich zu Hause alles so regeln lassen, wie ich wollte. Und mein zweiter Mann –" Sie schüttelte den Kopf. „Sagen wir einfach, dass ich am Ende auch da mit vielem allein fertig werden musste."

Del wollte sie an sich ziehen und festhalten. Wollte alles hören, was falsch gelaufen war, damit er es wieder in Ordnung bringen konnte.

Es hatte ihn übel erwischt.

Stacy richtete sich auf, und ihr Gesichtsausdruck wurde ernst. „O Gott, hörst du das? Ich labere. Du musst nicht wissen, dass ich nach dem besten Ehemann der Welt den schlechtesten aller Zeiten erwischt habe, aber vielleicht erklärt das, warum es mich so wütend gemacht hat, als du mir gesagt hast, was ich tun sollte."

„Es war eine stressige Situation. Ich verstehe", versicherte er ihr.

„Ich sage, du hattest recht, mich aus dem Wasser zu ziehen, trotz meiner Proteste. Danke, dass du die Entscheidung getroffen hast, die ich nicht treffen konnte."

Seine Füße waren wie angewurzelt, als er sie vor Schock starr ansah. „Ich bin so froh, dass alles gut ausgegangen ist, aber danke für dein Verständnis."

„Und ich hätte dir nicht die Tür vor der Nase zuschlagen sollen." Stacy schluckte schwer. „Ich ... na ja, ich schätze, wir werden in den nächsten Tagen noch mehr Geheimnisse teilen, da Cassidy mir erklärt hat, dass du Teil der Rudelführung bist. Das ist mein Neuanfang mit den Kindern. Der nächste Neuanfang", sagte sie und verzog auf die bezauberndste Art und Weise die Nase.

Er hatte Teile davon gehört. Wusste, dass ihr ältester Sohn das Kind des Soldaten war, der im Einsatz gestorben war. Ihre beiden jüngeren – deren Vater klang nach viel mehr Ärger. „Ich muss deine Geheimnisse nicht wissen."

„Nein? Nun, ich schätze, noch nicht. Aber du verdienst eine Entschuldigung. Es tut mir leid, und ich bin froh, dass wir alle überlebt haben. Ich hoffe, wir können in Zukunft Freunde sein."

„Absolut." Irgendwo mussten sie ja anfangen. Aber er würde auf keinen Fall bei Freunden aufhören.

Stacy nickte. „Ich brauche Freunde." Sie lachte ein wenig unbehaglich, während sie ihn vom Spülbecken wegdrängte. „Viele, viele Freunde."

„Du hast einen guten Anfang gemacht", sagte Del. „Nicht nur, weil Cassidy ein Fels in der Brandung ist und du und deine Schwester ein tolles Team zu sein scheint. Aber das Rudel wird auch für dich da sein."

„Gut." Stacy nickte, aber sie war eindeutig abgelenkt.

Er war es auch, wenn er ehrlich war.

Seine Gefährtin stand direkt vor ihm, und er konnte nichts sagen. Sie hatte nicht nur gerade erst angefangen, von der Dynamik der Wölfe zu erfahren, sondern brauchte auch Zeit, um sich nach ihrem Umzug einzuleben – mit ihren Jungs – und die Lodge zu ihrem Zuhause zu machen.

Um ihren Freunden zu helfen, die Herausforderung zu meistern, die Tante Rachel bei der Verlosung gestellt hatte, und die Timberwolf Lodge zu einem Erfolg zu machen.

Sein Wolf streckte sich in seinem Innern, er wollte jagen. Wollte seine Gefährtin offiziell kennenzulernen. Die eine Sache, die nicht so schnell passieren konnte.

Er und Stacy arbeiteten schweigend Seite an Seite und beendeten das Aufräumen nach dem Frühstück. Die ganze Zeit jedoch schmiedete Del Pläne. Ging Möglichkeiten durch und verwarf sie wieder.

Sie wischte die Theke ein letztes Mal ab, lächelte zittrig und zog sich dann zurück.

Delaney Vezina stand da und sah ihr nach, eine Entscheidung und ein Schwur, die so unzerstörbar wie Diamanten waren. Stacy wollte einen Freund? Verdammt, sie würden auf jeden Fall Freunde sein. Dann würde er ihr den Hof machen, sie gewinnen und beweisen, dass sie dazu bestimmt waren, einander zu lieben. Dann Gefährten und dann Familie.

Er war niemand, der gern wettete, aber das hier? Er war bereit, alles zu verwetten, was er hatte, ein Risiko einzugehen und es geschehen zu lassen.

Del hatte seine Gefährtin gefunden. Und koste es, was es wolle –

Er würde alles daran setzen, sie zu seiner zu machen.

~

GEWINNEN SIE EINE WILDNIS-LODGE!

Bereit für die Chance Ihres Lebens? Werden Sie jetzt Eigentümer der Timberwolf Lodge in der Nähe von Jasper, Alberta. Sie haben ein Jahr Zeit, die festgelegten Bedingungen zu erfüllen, und die Lodge gehört Ihnen!

Das Kleingedruckte: (sehr, sehr, sehr klein gedruckt)

Warnung: In der Lodge könnte es Werwölfe, Schicksalsgefährten und jede Menge Wandler-Rudel-Drama geben.

Viel Glück und viel Spaß! Und ... sterben Sie nicht!

~

Die Timberwolf-Lodge

Die Wahl des Alpha

Das gewagte Spiel des Hüters

Der Lohn des Omega

~

Vivian lässt derzeit ihre vielen Serien übersetzen. Bitte besuchen Sie deren Website für alle aktuellen Informationen.

www.vivianarend.com/de

ÜBER DEN AUTOR

Mit über 3 Millionen verkauften Büchern ist Vivian Arend eine *New York Times*-und *USA Today*-Bestsellerautorin von mehr als 70 zeitgenössischen und paranormalen Liebesromanen.

Ihre Bücher lassen sich alle einzeln lesen und haben keine Cliffhanger. Sie sind witzig, aber auch emotional, es gibt heiße Szenen und glückliche Enden. Für Vivian ist das der beste Job der Welt. Sie lebt in British Columbia, Kanada, zusammen mit ihrem langjährigen Mann – der Inspiration für alle Helden und einem bereitwilligem Gefährten auf Abenteuern aller Art.

https://vivianarend.com/de

www.ingramcontent.com/pod-product-compliance
Lightning Source LLC
Chambersburg PA
CBHW032303310726
48973CB00008B/2511